经典照亮前程

The Waking
The Complete Poems of Theodore Roethke

醒

[美]西奥多·罗思克　著

陈东飚　译

华东师范大学出版社
·上海·

图书在版编目（CIP）数据

醒：西奥多·罗思克诗全集 /（美）西奥多·罗思克著；陈东飚译. — 上海：华东师范大学出版社,2022
 （独角兽文库）
ISBN 978-7-5760-2735-8

Ⅰ. ①醒… Ⅱ. ①西… ②陈… Ⅲ. ①诗集－美国－现代 Ⅳ. ①I712.45

中国版本图书馆CIP数据核字(2022)第060340号

醒：西奥多·罗思克诗全集

著　　者　（美）西奥多·罗思克
译　　者　陈东飚
责任编辑　乔　健
审读编辑　陈　斌
责任校对　时东明
装帧设计　卢晓红
策　　划　上海七叶树文化发展有限公司

出版发行　华东师范大学出版社
社　　址　上海市中山北路3663号　邮编 200062
网　　址　www.ecnupress.com.cn
电　　话　021-60821666　行政传真　021-62572105
客服电话　021-62865537
门　　市　（邮购）电话　021-62869887
地　　址　上海市中山北路3663号华东师范大学校内先锋路口
网　　店　http://hdsdcbs.tmall.com

印 刷 者　上海中华印刷有限公司
开　　本　32开
印　　张　14.00
字　　数　350千字
版　　次　2022年10月第1版
印　　次　2022年10月第1次
书　　号　ISBN 978-7-5760-2735-8
定　　价　79.00 元

出 版 人　王　焰

（如发现本版图书有印订质量问题，请寄回本社客服中心调换或电话021-62865537联系）

目录

开放之宅（1941年）

I

开放之宅	2
世仇	3
死亡篇	4
预后	5
致我的妹妹	6
预感	7
插曲	8
当日的指令	9
祈祷	10
信号	11
金刚石	12

II

光来得更亮	13
慢季	14
乡野中刮大风	15
赞美草原	16
寒冷到来	17
苍鹭	20

蝙蝠	21

III

并无鸟儿	22
不灭	23
"杂草万岁"	24
创世记	25
外皮死亡赋	26
反对灾难	27
对谴责的回应	28
拍卖	29
寂静	30
去伍德劳恩的路上	31

IV

学术人士	32
献给一位多情的女士	33
冒牌诗人	34
春日情绪	35
学习前祈祷	36
我的弱智堂兄	37
有典故的诗句	38

V

超视孀妇之歌	39

宠儿	41
提醒	42
外邦人	43
清算	44
暂息	45
减价出售	46
高速公路：密歇根州	48
牧歌	49
夜行	50

失落之子及其他诗篇（1948年）

I

插枝	53
插枝（之后）	54
块根地窖	55
温室	56
除草机	57
兰花	58
采集苔藓	59
大风	60
老花匠	62
移栽	63

一间温室顶上的孩子	64
花堆	65
康乃馨	66
FRAU BAUMAN, FRAU SCHMIDT 和 FRAU SCHWARTZE	67

II

我爸爸的华尔兹	69
腌菜传送带	70
忧伤	71
双片连映	72
回返	73
遗言	74
勿评判	75

III

夜鸦	76
河流插曲	77
微小之极	78
循环	79
醒来	80

IV

失落之子	82
长道	90
一片光原	95
火之形	98

选自《赞美到底！》（1951年）

I
门声大开的所在　　　　　　　　104
我需要，我需要　　　　　　　　109
引领这一日！　　　　　　　　　113
让路，大门　　　　　　　　　　116
感性！噢啦！　　　　　　　　　119
哦哄我睡吧，哄我睡吧　　　　　122

II
赞美到底！　　　　　　　　　　124
展开！展开！　　　　　　　　　129
我呼喊，爱！爱！　　　　　　　133

选自《醒》（1953年）

哦，你这缺口，哦　　　　　　　137
来客　　　　　　　　　　　　　141
一个轻盈的呼吸者　　　　　　　143
简的挽歌　　　　　　　　　　　144
老妇人的冬日絮语　　　　　　　145
给约翰·戴维斯爵士的四首　　　148
醒　　　　　　　　　　　　　　153

选自《给风的词语》(1958年)

I 轻松篇章与给儿童的诗

手风琴之歌	155
给一名女编辑的回复	158
小不点	160
母牛	161
蛇	162
树懒	164
女士与熊	165

II 情诗

梦	167
所有的泥土,所有的空气	169
给风的词语	171
我认识一个女人	176
嗓音	178
她	180
他者	181
警句人	183
纯粹的暴怒	186
更新	188
享乐主义者	190
爱的进程	192
乖戾者	194
悲吟	195

天鹅	196
记忆	198

III 嗓音与生灵

"恶的微光"	199
挽歌	200
野兽	202
歌	203
驱魔	205
小	207
夏末散步	209
蛇	211
蛞蝓	212
金翅雀	214

IV 将死之人——纪念：W. B. 叶芝

将死之人	215

V 一个老妇的冥想

第一个冥想	220
我在这里	225
她的化境	230
第四个冥想	235
我何言以对我的骨头？	239

选自《我在！羔羊说道》（1961年）

荒唐诗篇

猫咪鸟	245
鲸鱼	247
牦牛	248
驴子	249
天花板	250
椅子	251
桃金娘	252
桃金娘的表妹	253
烂糊糊女孩	254
牛羚	255
单调歌曲	256
菲兰德	258
河马	259
男孩与矮树丛	260
羔羊	261
蜥蜴	262
鹈鸪	263

远野（1964年）

I 北美序列

渴望	265
牡蛎河冥想	268
内向之行	272
漫长的水域	276
远野	280
玫瑰	285

II 情诗

少女	291
她的词语	292
幻影	293
她的缄默	294
她的渴望	295
她的时间	296
歌	297
光在倾听	298
快乐的三个	300
他的预感	302
害羞的人	304
她的忿恨	306
对一个年轻妻子的祝愿	307

III 混合序列

深渊	308
挽歌	313

奥托	315
密友	318
蜥蜴	319
田鼠	321
一间暴力病房中所闻	323
天竺葵	324
在码头上	326
暴风雨	327
东西	330
狗鱼	332
整个早晨	333
宣示	336
歌	337
出神	338
瞬间	340

IV 序列，有时是形而上的

在一个黑暗时间	341
在傍晚的空气里	343
结局	345
运动	347
病弱	349
决定	351
骨髓	352
我曾等待	354

树，鸟	356
恢复	357
正确的事	358
再一次，回转	359

未结集诗篇

轻诗	361
严酷之国	362
二重唱	363
第二型	365
束缚	367
转瞬即逝	368
离开一家疗养院时的诗行	369
水疗中的冥想	370
信号虽非信号	371
暂歇	372
音讯递送者	373
召唤	374
第二道影子	376
流言	377
夏日学校女士	378
歌	379

致一位选集编者	382
低能儿	383
亚当的愚行	386
为史蒂文斯干一杯	388
回答	390
哀歌	391
她的梦	394
口水音乐	396
萨吉瑙歌	399
三首隽语诗	402
与林赛晚餐（1962年）	403
歌	406
供威斯坦一哂	408

附录——选自诗人的笔记本

石头花园	411
给火的稻草	417
译后记	425

开放之宅（1941 年）

I

开放之宅

我的秘密高声呼叫。
我根本不需要舌头。
我的心看守开放之宅,
我的门被宽摇大敞。
一首眼睛的史诗
我的爱,毫无伪饰。

我的真理皆属预知,
这苦恼已自我揭露。
我赤裸到骨子里,
以赤裸为我的盾牌。
我自己是我身着之物:
我保持精神空余。

愤怒自会持续,
行为将言说真理
以严格而纯粹的语言。
我停下撒谎的嘴:
狂暴扭曲我最清晰的呼叫
为愚妄的苦痛。

世仇

腐败收割年轻人；你惧怕
祖先之眼的威胁；
畏缩退避着那只蛇头
即命运，你在惊骇中哭号。

力竭的父辈令血液稀薄，
你诅咒那苦痛的遗产；
被感染的一家子的宝贝，
你察觉灾祸攀上血脉。

根生溃疡，你的种子
否拒那份太阳的祝福，
对你所需至为重要的光。
你的希望被谋杀与取消。

死者跳跃在咽喉，摧毁
白昼的意义；黑暗之形
已翻过你的围墙，间谍们出卖
古老的秘密给无定型的群体。

你苦思冥想着神经，
点燃仇恨。这古老的世仇
赢的很少。精神挨饿
直到死者已被平复为止。

死亡篇

发明沉睡在一副头骨之内
不再随光而活跃,
在每一个细胞里嗡鸣的蜂群
此刻被封闭严紧如蜜。

他的思想被束缚,运动的
弧形船艚系泊于岩石;
而分秒爆发在一道眉头之上
对冲击无知无觉。

预后

要播散精神懦夫的流泻,
为病人而发明的杂乱谎言。
哦且看那放下警戒之人的命运!——
行错一步我们就偏离了要害。

钢铁和玻璃后面的肉不受保护
挡不住向血液低语的敌军;
被遗忘的划伤就是被感染的划伤;
那反刍动物,理性,嘴里的嚼子有毒。

陈腐装点超越一个蠢人的反驳;
没有目标的计划;一间家具房内的骄傲
平庸者忙于出卖他们
自己,他们的客厅霉臭如一间殡仪馆。

哪怕吞噬的母亲吼叫:"'逃脱我?没门——'"
而蜜月又被一个父亲的鬼魂破坏,
精神的阴寒深处滚烫成为一场热病,
梦魇沉寂被打破。我们没有迷失。

致我的妹妹①

哦我的妹妹要记得星星眼泪火车
春天里的树林绿叶芬芳的小巷
要回忆渐起的黑暗不可测的雪落
赤裸的田野白云无瑕的褶皱
要讲述每种童年快乐：淡蓝的天
翼翅的华彩眼眸璀璨的宝藏。

要永远相信当下的快乐拒绝挑选
要延迟肉体之恶那无可挽回的选择
要珍惜双眼骄傲难以置信的沉着
要大胆迈步我的妹妹但别屈尊退让
要保持安全无痛留住你的恨你的心。

---

① 琼·罗思克（June Roethke，1913—1997）。

预感

走过这片田野我记起
另一个夏天的日子。
哦那是很久以前了!我一直
紧跟我父亲的脚踵,
半步半步来配合他的跨行
直到我们来到一条河边。
他把手浸在浅水里:
水从上面和下面流过
一条窄窄的腕骨上的毛;
他的倒影一直跟在后面,——
与涟漪中的太阳一起闪烁。
可是他站起来时,那张脸
消失在一片水的迷宫里。

插曲

空气的元素已不可收拾。
风的疾行扯下嫩叶
在迷乱中将它们抛掷于地。
我们等待檐上第一场雨。

混乱高涨而一小时接一小时光明
减弱,在一片未分割的天空下。
我们的瞳孔随不自然的夜晚扩大,
但路和尘土飞扬的田野却始终干燥。

雨留在它的云中;完全的黑暗迫近;
风静卧在长草中一动不动。
我们手中的血管泄露了我们的恐惧。
我们曾经企望的事情并未实现。

当日的指令

双手,硬而满布着血脉,
好好履行你们的职责,
因为粗心可以闷熄
果决那冒着烟的引信;
被肉体束缚的叹息情人,
他笨拙的手指擦碾
精神的温柔遮护。

脚,负载瘦骨翻越
天真无知的墙梯,
绕过仇恨的汹涌之河,
危险的泛滥平原
那里蛇与兀鹰盘旋,
并且,阔步如一只鹤,
跨过沼泽地迈进三叶草。

眼,凝望着越过另一人
他被妖怪缠闹的样子
显露一个愚蠢的母亲,
要将那些障碍克服
还要将慈善发现
在剧毒物之间。
呼吸,让旧血流转。

祈祷

假如我必将失去感官,
我祈求你,主啊,让我选择
保留五感中的哪一感
在遗忘遮蔽我的大脑之前。
我的舌死去了好几代,
我的鼻糟践一颗标致的头;
因为倾听肉体之恶
我的耳历来是魔鬼的专属。
而有些人断定眼为
淫欲的工具,
比手更加鬼祟沦入低微
而险恶的放浪之中——非也!
它的凌辱是温柔的,从未
凶暴得胜过一个隐喻。
实则,眼眸挑起的只是
最神圣的柏拉图之爱:
嘴唇,乳房和大腿不可拥有
如此超绝的一份至福。
因此,主啊,且让我保留
侍奉得如此合宜的感官,
取走舌与耳——我其余的一切——
愿光明伴我到坟墓!

信号

时常我碰到,在走出一扇门时,
从所未见之物倏然一闪。

在已知项滚滚而来之际,
它们驰过眼睛的一角。

它们飞掠比一只蓝尾雨燕更快,
或黑暗接黑暗在闪电的裂口。

它们在我目光的指间滑行,
我无法将我的瞥视在上面放牢。

有时血液荣幸地猜到
眼睛或手无法拥有的东西。

金刚石

思想不会碎成石头。
大锤落下也徒劳。
真理永不销解;
它的辕轴会留存。

轮组咬合的牙齿
慢慢转过黑夜,
但真物质经得起
槌子的重量。

压榨无法碾碎
一个如此凝结的中心;
工具削不出石片:
核心处于密封。

II

光来得更亮

光从东方来得更亮；那呱鸣
出于不安的乌鸦在耳上更锋利。
河边一位行者可能会听见
一声炮响宣告一次提早解冻。

太阳深深切入沉重的冰碛，
尽管警惕的雪仍被冬季封盖，
桥头沉陷的冰开始移转，
河水泛滥淹过平坦的原野。

又一次树木现出熟悉的形状，
当树枝卸去最后的雪迹。
狭窄池塘中储存的水奔逸
成细流；寒冷的根在下面翻搅。

很快田野树林会披上一副四月之相，
霜寒尽去，因绿色正在此刻迸发；
灶鸫将与喧响的小溪匹配，
幼小的果儿在梨树枝头膨起。
而很快有一枝，一个隐蔽场景的部分，
多叶的思想，久已被紧紧收卷，
会将它的私密物质转化为绿色，
而幼芽便蔓延在我们的内心世界。

慢季

现在光照减少；中午天空深广；
风和雨的肆虐已被治愈。
收获的阴霾沿着田野飘荡
直到清澈的眼现出困睡的模样。

花园的蜘蛛编织一颗丝线的梨
以防恶劣天气伤害它的幼子。
径由橡树而下，薄纱垂挂。
黄昏我们的慢呼吸变浓于空气。

失去的飞鸟之色被树木据为己有。
久矣，古铜的小麦成捆堆积。
步行者在树叶中跋涉深及脚踝。
马利筋乳汁草的羽翎扑腾着飘落。

春季的嫩苗已随年深而芳醇。
芽苞，启封已久，将窄巷遮黯。
血液在改道的静脉中慢行有如神迷。
我们春天的智慧经成熟而至干枯。

乡野中刮大风

整夜又整天风在树间咆哮，
直到我能想起有波涛翻滚像我的卧室地板那么高；
当我站在窗前，一段榆树枝扫向我的膝盖；
蓝色的云杉激荡如一排巨浪临门。

第二天黎明我都不敢相信：
橡树矗立着每片叶子都硬得像一只铃铛。
当我望向被改变的风景，我的眼睛没有受骗，
但我的耳朵仍保留着海声像一只贝壳。

赞美草原

榆树是我们最高的山峰；
五英尺的落差就是一个山谷，不妨说。

一个男人的头是一个山丘在
阳光下铺展的一片大麦田之上。

地平线在眼中毫无陌生感。
我们的双脚有时与天空齐平，

当我们行走在一片无树的平原上，
脚踝被谷物的残茬碰出淤青。

田野以漫长，不间断的行列绵延开去。
我们行走中领悟什么是远与近。

此处距离熟悉得像一个友人。
我们与空间的宿仇抵达一个终结。

寒冷到来

1

晚桃散发一股微妙的麝香,
藤架跃动着烟霞
比一片暮野更醉人
当三叶草的气味令风减弱。
步行者的脚几无落处
在果园小径上,因为脱皮
与摔烂的果子已阻塞了草丛。
收成一半掉落一半在空中,
李子将树脂滴在地面上,
而鼻孔扩起,当它们经过
发现了灰胡桃的地方。
风摇散梨子的香气。
在田头上香气是干的:
莳萝顶起它苦味的冠冕;
船坞,如此花哨刺眼
提炼出一种属于它自身的酸涩。
而南瓜流出一道辛辣的油。
但很快冷雨和霜便来临
将纯粹的芬芳压进土壤;
松弛的藤蔓带白在黎明垂落,
空气的财富吹拂到稀薄。

2

树叶的肋骨躺在尘土中,
霜冻的喙已啄下枝条,
欧石南载着荆棘,干旱
已将它的灾祸留在田野上。
这一季的残骸到处都是,
深秋的果子现已腐烂。
所有的影子都斜着,怪枝
随风的触摸向天疾刺,
茂密的林木再也留不住光,
篱笆和果园树丛被打薄。
湿树皮在日头里晒干,
最后一轮收获已完成。
万物被送进谷仓与畜栏。
橡树留下张力以待释放,
天空变暗,年头渐老,
花蕾在寒冷到来前缩起。

3

小溪死在它的河床里;
托举蜜蜂的茎秆俯伏;
老树篱留着树叶;福禄考,
那晚秋的花朵,已死。
所有的夏日之绿此刻尽销:
山丘灰暗,树木光秃,

枝上的霉菌干燥,
田野萧瑟而赤裸,岩石
在狭窄视野中锋利地闪亮。
土地荒无人迹,太阳
中午时不再给风景镀金;
风汇聚在北方吹动
阴云越过沉重的天空,
而严霜冻入骨髓,很快
风要带来一场凛凛的细雪。

苍鹭

苍鹭立于水中,在沼泽
已深为一池黑的地方,
或用单腿平衡占据一处隆起的
泥淖草堆,在一个麝鼠洞穴之上。

他以一种古怪的优雅走过浅滩。
大脚踩断沙子的垄脊,
修长的眼睛留意米诺鱼[①]的藏身处。
他的喙比一只人手更快。

他急扯一只青蛙横过他的骨唇,
随后将重重的喙指向树林之上。
宽翅膀只一拍便将他举起。
单单一道涟漪始于他原先所立之处。

---

① Minnows,一种淡水小鱼。

蝙蝠

白天里蝙蝠是老鼠的表亲。
他喜欢一栋老去的房子的顶层。

他的手指令他的头配得上一顶帽子。
他的脉搏慢到让我们当他已死。

他以疯狂的身形夜半兜圈
在面对转角灯光的树间。

然而当他抵着一面影屏擦身而上,
我们害怕自己的眼睛已经看见的东西:

因为某样东西不对劲或不合宜
此刻长翅膀的老鼠竟能戴上一张人脸。

III

并无鸟儿

如今平静在此,给一个领略过
声音的秘密心脏的人。
那只如此灵敏而真切的耳朵
被按到毫无响动的地面。

缓缓摇曳的微风在她头顶,
青草翻卷一片纯白;
但在这座死者的森林里
并无鸟儿唤她醒来。

不灭

云团耀如刚出火的煤,一忽闪
是西面的光挑起更强的烈焰
化为上层高空中的暴燃。
所有遥远之形凝望下都变得更亮。

天际的火陨灭;一道看不见的火
消退成为睡眠的发热闷烧;
深藏的余烬,窒息于肉体的
屏障,逆向而焚至熏黑的一堆。

但早晨的光到来轻敲着眼睑,
击破残留的炉渣的硬壳,
并刺戳那尘灰隐藏的碎煤,
直到思绪崩裂的白穿过大脑。

"杂草万岁"[1]

霍普金斯[2]

杂草万岁,它们淹没
我狭窄的蔬菜王国!
怨恨的岩石,荒芜的泥土
强迫人子去辛劳受苦;
万物皆渎圣,毁于诅咒,
那宇宙的丑陋。
粗糙者,邪恶者,狂野者
不让灵魂沾染污秽之色。
我渺小的智慧与这一切匹敌
挣得站起或坐下的权利,
希望,爱,创造,或饮酒并死去:
这几样构成我所是的造物。

---

[1] 出自霍普金斯《因弗斯内德》(*Inversnaid*)。因弗斯内德为苏格兰中部小镇。
[2] Gerard Manley Hopkins(1844—1889),英国诗人。

创世记

这股自然之力
是从太阳里榨取；
一条河跃动的源头
锁在狭窄的骨中。

这智慧溢满头脑，
侵入静止的血液；
一粒种籽鼓起表皮
进出善的果实。

脑中的一个梨形，
感觉的分泌物；
围绕一枚中心的谷子
新的意义生长无际。

外皮死亡赋

粗野的是那憎恶
其肉体外套之形的人,——
缝在骨上飞逝的织造,
骷髅的裹身之物,
不是毛亦不是发的服装
邪恶与绝望的披风,
面纱长久遭受的侵犯
来自手与眼的爱抚。
然而这就是我的不得体:
我讨厌我的表皮之衣,
野蛮血液的猥亵,
我解剖之下的碎片,
而我会心甘情愿
凭着感觉的虚假配置,
冒失地派给睡眠,一个极为
肉色与肉欲的鬼魂。

反对灾难

现在我茫然无措
远离我拥有的任何东西,
我的资源流失所有内容,
我精神的碎片散落。

一切都零乱,荒废,分崩离析,
存在的微粒平卧;
我特殊的天堂被倒转,
我在一片邪恶的天空下移行。

这平地已变成一个坑穴
我在此被伤害围困,
心灵必须聚合我的智慧
并击溃惊恐的幻影。

对谴责的回应

要击退瞪视的眼,
仇恨的敌意凝望,
还要阻止那份迂腐
来自那些顽固的

善之诽谤者。
他们嘲笑最深邃的思想,
谴责坚毅
真正的作品是由它打造。

尽管公正的人被唾骂
当懦夫将他们贬低,
勇者始终保持无瑕
一份属于自己的智慧。

无畏者身披强韧的皮肤
始终贮存着充足的
内在之尊严,
并安静守住核心。

拍卖

有一次回到家,钱包鼓鼓神采飞扬,
我在草坪上发现了我的上选资产。
一位拍卖师正在发起一场拍卖。
我并未行动起来主张属于我的东西。

"一件骄傲的外套,或许有点破旧;
幻觉的小玩意儿,对年轻人来说很华丽;
一些杂项,各式各样的,标着'恐惧';
荣誉主席位,缺了一条横档。"

饶舌不断继续;交易简短而活跃;
便宜货落入出价人之手,一件接一件。
希望涌上我的颧骨现出一张猩红的圆盘。
老邻居们彼此间推肘而乐。

每一次锤子落下我的精神便愈加高涨,
心跳随肥满之辞滚动而加速。
我怀着毫无阻碍的意志离开了家
而所有迷惘的垃圾都已出售。

寂静

额内有一个响声,
此刻脉动着毫不减轻
重音由血液度量。
它打破我的孤寂——
一把锤子在感觉的
水晶墙上节拍迅速。
那是不成旋律的鸣音
在一根弦崩断之前,
情势的车轮纷纷碾过
在意念中如此可怖,
一座笼中哭泣的灵魂
要为暴虐建立一个补充,
迷惘的核心深埋在
一派愤怒、矫饰的喧嚣里。

若我终究要寻求解脱
远离那份悲伤的单调,
根根紧绷的神经通向咽喉
却释放不出一个撕裂的音符:
将我头骨摇到散架的东西
绝不可触碰另一只耳朵。

去伍德劳恩①的路上

我想念那抛光的黄铜,有力的黑马,
驾车人嘎嘎弄响巴洛克式灵车的座椅,
高高堆积的繁花祭品加感伤的诗句,
四轮马车散发着清漆与陈腐的香气。

我想念抬棺的人们暂时各就各位,
殡仪员顺从谄媚的古怪脸相,
伸长的脖颈,悼亡者们匿名的脸孔,
——和那双眼,依旧如生,从一个凹陷的房间仰望。

---
① Woodlawn,纽约布朗克斯区(Bronx)北部一街区。

IV

学术人士

听诊器告诉每个人恐惧的事情:
你大概可以继续活上好多年,
跟一个保姆蹒跚对一个女店员傻笑,
而你的散文风格越来越松松垮垮。

献给一位多情的女士

"大多数哺乳动物都喜欢爱抚,在我们通常拿这个词表示的意义上讲,而其他动物,即使是驯服的蛇,都更喜欢给予而不是接受它们。"

引自一部自然史著作

冥想的牛羚,沉着的土豚,
在黑暗中接受爱抚;
熊,装备有爪子和口鼻;
宁愿获取而不是将它发送。
但是蛇,既有毒又呈带状,
在恋爱中从不以交换著称;
蠕虫虽阴湿,却很敏感:
他的崇高天性命令他付出。

可你,我的至爱,有一个灵魂
包容着鱼,肉和禽类。
我们打算追求情爱艺术时,
你可以,怀着愉悦,轻啄或咕啼。
你是,千真万确,一百万中的唯一,
同时既是哺乳类又是爬行类。

冒牌诗人

　　幻想的英雄和风寒的感染者,
　　求索灵魂的专一胜过一切:
　　乐于独处卧室中计数他的脉搏。
　　幸运哦他妈妈是给他付账的人!

春日情绪

尽管番红花在平时的地方支起它们的脑袋,
那青蛙废物出现在池塘上冒着一样的绿色泡沫,
而男孩们痴想着女孩依然是去年的恍惚面孔,
我从不厌倦,然而对此景却颇为熟悉。

当猫从谷仓下面带出一件类似的垃圾,——
两只黄色和黑色,还有一只样子介于其间,——
尽管这一切以前都发生过,我不可以变得刻薄:
我在春天欢喜,仿佛春天从未存在过一样。

学习前祈祷

受缚于我被拷问的思想,
我太过专注于这一点。

被如此禁锢与索要,如此密封于
一层并非本质的皮肤之内,

我会卸下我自己而逃离
我的不可企及。

一个傻瓜可以假扮庄重
旋转于他的脊柱之上。

解救我,哦上帝,脱离一切
向心的活动。

我的弱智堂兄

我的弱智堂兄,获救于临终一颤,
你小小的男子气被窒息于很久以前。
但对于一个都以为你喜欢的叔叔,
那些溺爱的阿姨本来从不会烦心。

愚蠢的代价永远都在增长;
你的床因想象的罪恶而崩塌。
退化那细致入微的会计学
加入一对微微摇动的双下巴。

你的手掌湿润,你的举止太过欢乐……
今天,在镜子前刮头发的时候,
我削剃的手在突如其来的恐惧中抽回:
我听见你的笑声咕噜出自我的腹中。

有典故的诗句

三倍快乐之人的世界
跨距为手的周线,

所愿不外乎手指紧抓,
并蔑视抽象的实体。

生命中更高的事物
不侵犯其思想的隐私。

他们对善的唯一观念
是人性的日常食物。

他们供养感觉,否认灵魂,
观看事物却稳定而完整。

我,饥饿的渴望者,似乎看见
他们的饕餮中大有逻辑。

V

超视孀妇之歌

一位和蔼的孀妇,住在一座山上,
爬到她阁楼的窗口凝望窗台那一边。

"哦告诉我,孀妇,你看到的是什么,
当你望过我的城市,在上帝的国度?"

"我看到一千万扇窗,我看到一万条街,
我看到交通在行奇迹般的壮举。

律师全都狡诈,商人个个肥胖,
他们的妻子周日戴着最新式帽子出门。

孩童玩警察强盗,孩童玩蒙布莱钉①,
有的学习偷窃的艺术,有的长大去行乞;

富人可以打马球,穷人可以啪啪乱搞,
教授们正在宽赦文化的滞后。

我看到一个银行家的大宅生着二十个柴炉的火,
独自一人,他的妻子为自己心中所欲而悲伤。

---

① Mumbley-peg,一种扔飞刀钉入地面的儿童游戏。

隔壁有一座石膏板和白铁的爱巢,
老鼠很快就会一一离去,雪会进来。"

"超视的孀妇,有一只眼仿佛一架望远镜,
你可看到那样名叫'希望'之物的任何信号或假象?"

"我看到河上的港口,人和船只繁忙,
一位外科医生用拇指和指尖引领一把解剖刀。

我看到爷爷正在挺过一连七次中风,
失业者正在讲述陈腐的失业笑话。

鸥鸟乘水面而行,鸥鸟来过又已离去,
轨道与车道上人们不停移行向前又向前。

鲑鱼攀上河流,河流靠近大海,
绿色永远在我们国度的田野里发生。"

宠儿

一个蹦着穿过针眼的歹徒,
他面对蒙面的评语从不颤抖。
他的牡蛎世界得来容易;
从未有过在公园里睡觉的夜晚。

无畏而豪勇,他干掉自己的伙伴,
只为获取新的胜利和掌声。
他的傲慢无法将任何耐心磨细。
他活在尘世律法触不到的所在。

哦他是机运之子,一个宠儿
每一份礼物与激情倾泻在他身上,
然而他的幸福却并不完整;
慢慢地他无与伦比的性情变坏
直到他哭泣被消灭的敌人
并渴望感受来自失败的冲击。

提醒

我记得那个岔道看守的天竺葵花坛
在煤烟中绽放;一只黑猫舔着它的爪子;
青铜色小麦排成严格而正式的序列;
以及那种对你来说是终极律法的精确;

手帕塞进去的左手口袋属于一件
男人裁制的女式衬衫;购物完成清单;
你卷起手表放进一个老式金属小盒
并将绿色的遮帘拉起挡住早晨的太阳。

此刻在居卧两用房间困惑的苦痛里,
一座阳刚玩具丛林毫无你在场的迹象,
在尘土和无序中我珍藏一小片幻觉:
一台廉价时钟以鬼魅的蝉声嘀嗒作响。

外邦人

将压抑释放的音节精微玄妙；
歇斯底里掩藏在审慎的空洞之中。
行者贺拉斯[①]肩负一个可疑的使命
假装他死去的拇趾囊肿带来细腻的痛。

不幸的儿子曾经久久地等待
幻象的造访，幸运岁月时过境迁，
他的笑声减轻扯淡的单调之音，
出口边一方陋室是他有风景的房间。

哦被诅咒的是获得光荣提及的作品！
家虽不快乐，他又能去哪里？
必然在发明的门廊上忍饥挨饿。
睡得并不深，但苏醒却姗姗来迟。

---

① Horace（公元前65—公元前8），古罗马诗人。

清算

所有利润消失：轻易而来
的收益，囤积物，秘密的总和；
而现在旧日苦痛的冷酷数字
回来让我们的家一片凌乱。

我们探求破产的因由，加加，
减减，并将我们自身抵押；
即使我们涂满了拍纸簿，
我们也追索不到错误的源头。

我们正在寻找的是一笔车费
单程，一个牢靠的机会：
让我们保持为我们所是的匮乏，
那枚抢夺穷人的小钱。

暂息

（1939年11月）

仇恨的疾风劲吹
寒冷，寒冷扫过肉体
凉透焦急的心脏；
错综的疑惧生长
自每份恶性的希望
要败坏集体生活。
现在人人各自独立。

我们眼看意见漂移，
想起我们分离的皮肤。
在装潢精美的臀上
将军们咳嗽与轮替
用上色的图钉游戏。
仲裁者们在等待；
新闻记者嗍着拇指。
头脑转得很快
抛开简单的信念
而投向从不会学习的
傻瓜的黑话与愤怒；
理性拥抱死亡，
而从惊骇的眼中
仍谛视着爱的希望。

减价出售

减价出售:遵照残存的继承者之命
他们跑上跑下巨大的中央楼梯
古董架,长靠背椅,齐彭代尔式①椅子
——和一座恐怖之阁,一只畏惧之橱。

被抛光且被抛光得如此堂皇的家具,
一个马厩和围场,某处猎狐地界,
状如一支乡村乐队的避暑别墅矗立
——还有祖父邪恶凶险的盘旋之手。

那只红颜色沙发的背部保护罩套,
那架贝希斯坦②钢琴,四柱卧床,
那间书斋,反被用作了一间打牌室
——和一幅科普利③头像中水亮的眼睛。

那块染得比血更鲜艳的餐室地毯,
每个人以他应当的样子进食的桌子,
旁边站着一名高个仆役的餐具柜
——和一股紧附在木头上的腐臭之气。

手工绘制的墙纸,比皮肤更细腻,

---

① Chippendale,一种18世纪的家具式样,源自英国橱柜制造者齐彭代尔(Thomas Chippendale,1718—1779)。
② Friedrich Bechstein(1826—1900),德国钢琴制造者。
③ John Singleton Copley(1738—1815),美国画家。

孩子们从未置身于其内的房间,
所有那些镶饰着罪恶的戒指和纪念品
——和一道流得太稀薄的血脉里的污渍。

高速公路:密歇根州

这里从田野边我们勘察
那苦事的进程。英里
复英里的交通从镇子里
驶过,只因白昼尽头
劳动者的时间属于自己。

他们争相卡位开上
只为通行而保留的路带。
来自生产线的驾驶员
紧握住得之不易的优势。
他们戏耍死亡与罚单。

加速是他们的需求:
一份躁狂令他们移动
直到最强的神经损伤。
他们是速度的囚徒,
乘着亲手打造之物逃亡。

路面生烟当两车相遇
而钢与钢因冲撞而撕裂。
警笛狂鸣中我们战栗。
一名司机,压在座位底下
最后方才逃离了机器。

牧歌

此刻从枫树到榆树当蝙蝠飞掠与回旋,
一名醉汉东倒西歪而过,不停地自言自语。
厨房的灯盏纷纷熄灭;飞蛾翼翅铺展;
最后一辆三轮车向步道的尽头疯狂驶去。

当黑暗潜行逼近那清扫整洁的郊区小镇,
我们漠然以对狗叫,以对雏鸟最后的啾鸣;
露水在新刈的草坪上愈加深浓;
我们落坐于门廊秋千,心满意足半睡半醒。

世界在黑色的旋转阴影中撤退;
一列遥远的火车吹一遍它回响的汽笛;
我们在一座草坪边缘的一栋房子里上床去睡,
毫不在意恐怖与头条,演说与枪支。

夜行

此刻当列车西行，
它的节奏摇撼大地，
而从我的普尔曼①卧铺上
我凝望着夜色
在其他人就寝之时。
钢铁花边的桥，
树木的忽然一现，
一段山间雾气
都横越我的视界，
随后是一块萧瑟的荒地，
和一座湖在我膝下。
我整个脖颈都感觉到
呈一道弧线的抽拉；
我的肌肉随钢铁而动，
我醒在每段神经里。
我望着一座灯塔摇摆
从黑暗到光耀眩目；
我们雷霆滚滚穿过峡谷
与被光洗净的沟壑。
越过了山隘
雾在窗格上加深；
我们冲入一场大雨

---

① Pullman，以美国工程师、产业家普尔曼（George Pullman，1831—1897）命名的豪华列车车厢。

双层玻璃被啪啪敲响。
车轮摇撼路基的石头,
活塞抽搐推拉,
我中夜无眠
看我爱的土地。

失落之子及其他诗篇(1948 年)

I

插枝①

假寐中的棍枝低垂在含糖肥土之上,
它们错杂的茎毛枯干;
但细嫩的片条仍不停哄诱着水;
小小的腔室膨起;

一块生长的瘤节
推松一粒沙屑,
从一支发霉叶鞘里捅出
它苍白卷须的角。

---

① Cuttings,从某一植物上裁切下来的枝条,用以培植新的植物。

插枝(之后)

这冲动,角力,枯枝的复活,
被刈割的茎梗挣扎着放下腿脚,
什么圣徒曾如此竭尽全力,
在被修剪的枝干上晋入一场新生?

我能听见,地下,那吸吮与抽泣,
在我血管里,在我骨头里我感觉得到,——
细小的水渗流而上,
紧闭的颗粒最终开裂。
当萌芽迸发而出,
鱼一般溜滑,
我畏缩,倚向开端,湿如叶鞘。

块根地窖 ①

没有什么会沉睡在那个地窖,阴湿如沟,
破盒而出的球茎在黑暗里寻找裂缝,
嫩芽摇晃而又沉落,
从发霉的板条箱中淫荡地吐着舌,
垂下又长又黄的邪恶之颈,像热带的长虫。
又是怎样一场各种腐臭的大会啊!——
根块成熟如陈旧的饵,
烂糊糊的茎,刺鼻,满坑满窖,
腐殖土,粪肥,石灰,成堆顶住溜滑的木架。
没有什么会放弃生命:
甚至污泥也始终在呼吸着一丝细小的呼吸。

---

① Root cellar,储藏块根类蔬菜的地窖。

温室

比手腕更强韧的葡萄藤
和橡胶弹性的嫩芽,
顺着茎干的浮渣,霉菌,黑穗病,
大美人蕉或精致的仙客来尖,——
全都随敲打的管子脉动
它一滴一流,
一流一滴,
用蒸汽和臭气让根膨起,
让石灰,粪便和地上的碎骨发芽,——
五十个夏天一瞬间动起来,
当活的热量从管与盆中奔涌而至。

除草机

在混凝土的长椅之下,
劈砍着黑色的毛根,——
那些猥亵的猴尾从排水孔上垂下,——
挖入柔软碎石的下面,
网和杂草,
幼虫和蜗牛和锋利的棍茎,
或猛拽的强韧蕨草之形,
盘绕着绿而又密,像滴水的菝葜,
整日牵扯着乖戾的生命:
它的无礼!——
连同我头顶上绽放的一切,
百合,淡粉色的仙客来,玫瑰,
整片整片田野可爱而未遭亵渎,——
我埋进那杂草的恶臭里,
四脚着地爬行,
活着,在一个溜滑的坟墓里。

兰花

它们倾侧于小径之上,
口如蝰蛇,
摇摆着凑近脸旁,
露出,柔滑而又魅惑,
软而又潮,精巧如一只幼鸟的舌;
它们不住乱抖的雏唇
慢慢移动,
吸入温暖的空气。

而夜间,
微微的月光洒落穿透刷白的玻璃,
热度渐渐降低
于是它们的麝香愈发浓重,
从它们的青苔摇篮中飘荡而下:
那么多吞咽的婴儿!
柔软冷光的手指,
既非死亦非生的唇,
幽灵般松弛的嘴
在呼吸。

采集苔藓

要用全部十根手指张开灵活地摇松
掀起一小片,深绿色,给墓地筐子作衬里的那种,
厚密如垫,像一块老式的门毯,
底面破碎的空心小棍与根茎相混,
而冬青的浆果和树叶仍粘在顶部,——
那就是采集苔藓。
但是总觉得有什么离开了我,当我挖开那些绿色
的地毯,或探进湿地泛黄的海绵状苔藓深及双肘的时候:
而之后我也总是倍感烦恶,顺着伐木路径慢跑回去,
仿佛我已在那片沼泽地里打破了事物的自然秩序;
扰乱了某个节奏,古老且有极大的重要性,
是从活的行星身上扯下血肉;
仿佛我已犯下了,对生命的全盘系统,一场亵渎。

大风

温室正去往何处,
正冲入抽打的
风么,后者驱水
那么远到河的下游
让龙头全都停止?——
所以我们为蒸汽厂排空了
肥料机器,
泵送陈腐的混合物
到生锈的锅炉里,
看压力计
摇摆到红色,
当各处接缝嘶嘶作响
而炽热的蒸汽
冲向那间
玫瑰花房的远端,
最恶的风就在那里,
辗轧着柏木窗框,
吹裂那么多的薄玻璃
让我们彻夜留守,
用粗麻布塞住洞孔;
但是她挺过来了,
那间旧玫瑰花房,
她钻进它的牙缝里,
那丑陋风暴的核心与骨髓,

用她坚硬的船艏翻犁，
撞入风浪之中
后者涌过她的全身，
用水花削弱她的两侧，
将长长的湿线甩过屋顶，
终于转向，耗尽自身，仅仅
在风洞下细细地呼哨几声；
她一路航行到平静的早晨，
载着满舱的玫瑰。

老花匠

那驼背一个人在捆着菊花
或在掐短紫菀,或栽种杜鹃花,
手捣脚踩把泥土塞进盆里,——
他如何能够轻弹并摘下
腐烂的叶子或发黄的花瓣,
或舀出一支靠近繁茂根部的杂草,
或用一把轻喷枪让灰尘嗡鸣,
或啐一口烟汁淹死一只虫子,
或用他的帽子将生命扇进枯萎的香豌豆里,
或整夜站着浇玫瑰,他的脚在橡胶靴中是蓝的。

移栽

看着双手移栽,
转动与捣固,
用两根手指拎起幼小的植物,
在满掌的新鲜壤土中筛分,——
一个快捷的动作,——
然后将捆扎起来的根茎插入,
拇指单单一扭,一捣一转,
多合为一,
在木头长凳上要快,
试探一下,同时茎杆保持笔直,
一下,两下,轻轻的第三击,——
它就跑进扁盒子里,
准备度过倾斜玻璃下的漫长日子:

太阳温暖着精细的壤土,
幼角卷起又展开,
让它们的细刺吱嘎作响,
腹叶,最小的萌芽
绽放为赤裸,
花朵扩展
向外进入甜美的空气,
整朵花都扩展向外,
绵延与拉伸。

一间温室顶上的孩子

　　风吹得我马裤的臀部鼓鼓胀起,
　　我的脚令玻璃碎片和干掉的油灰爆响,
　　长成一半的菊花如上诉者般仰望着,
　　望穿打着条纹的玻璃,阳光闪烁,
　　几朵白云全都疾驰向东,
　　一排榆树像马匹一般伏低又腾起,
　　而每个人,每个人都指着上面大呼小叫!

花堆

美人蕉闪烁如矿渣,
软似蛞蝓的茎杆,
整坛花丢在一堆上面,
康乃馨,马鞭草,大波斯菊,
霉菌,杂草,枯叶,
翻过来的根
连同泛白的叶脉
缠绕有如细毛,
各自凝结成一个盆状;
每样都软塌塌
唯有一支郁金香在顶端,
一只昂然的头颅
在垂死者,新死者之上。

康乃馨

苍白的花朵,各在一支单节的茎杆上保持着平衡,
叶片在精美的科林斯式①涡旋中回卷;
而空气清凉,仿佛从潮湿的铁杉树上飘落,
或是从离水不远的蕨草中升起,
一股清冽的风信子凉意,
如那道出自永恒的晴朗秋气,
无风的悠远早晨在一团九月的云上。

---

① Corinthian,希腊古典建筑柱式之一,饰有叶形的雕花。

FRAU BAUMAN①, FRAU SCHMIDT② 和 FRAU SCHWARTZE③

那三个古老的女士去了
她们曾吱嘎踩响温室的梯子,
将白绳上举
要绕住,绕住
甜豌豆的卷须,菝葜,
金莲花,攀缘的
玫瑰,要拉直
康乃馨,红色的
菊花;僵硬的
茎干,玉米般有节,
被她们绑住收起,——
这些并非任何他人的护士。
比鸟还快,她们舀
起然后筛掉尘土;
她们又撒又摇;
她们跨着管子站立,
她们的裙子汹涌鼓成帐篷,
她们的手闪着水光;
像女巫一般她们沿行列飞行
保持造物安适;
以一支卷须为针

---

① 德语:"保曼夫人"。
② 德语:"施密特夫人"。
③ 德语:"施瓦茨夫人"。

她们用一根茎干缝起空气；
她们逗出被寒冷藏着熟睡的种子，——
所有的卷儿，圈儿，环儿。
她们为太阳搭棚；她们不止为自己谋划。

我记得她们如何举起我，一个瘦孩子，
捏着戳着我的细肋骨，
直到我躺在她们的膝上，笑着，
弱得像只狗崽；
现在，我一个人在床上冰冰冷的时候，
她们仍盘旋在我上面，
这些古老皮革般的干瘪老太，
跟她们被汗浆硬的印花大手帕，
和她们被棘刺叮咬的手腕，
和她们满载着鼻烟，在我睡第一觉时轻轻吹在我身上的呼吸。

II

我爸爸的华尔兹

你呼吸里的威士忌
能让一个小男孩头晕;
但我死一样硬挺着:
这么跳华尔兹可不容易。

我们嬉耍着直到平锅
从厨房架上滑下来;
我母亲的面容
自己没法展开蹙眉。

抓着我腕子的手
一个指节已被敲烂;
你每跳错一步
我右耳就刮一下皮带扣。

你在我头上打拍子
用一只污垢结块的手掌,
然后跳着华尔兹送我上床
依然紧抓着你的衬衫。

腌菜传送带

　　水果整日滚滚而过。
　　他们祈祷齿轮会慢行；
　　他们思考星期六的薪水，
　　和星期天的睡眠。

　　他闻到什么都好：
　　果与肉的气味相混。
　　那儿她就站在他身边，——
　　而他，茫然失措；

　　他，穿着他缩紧的马裤，
　　眼睛上两圈腌菜末，
　　浑身冒起的刺痒
　　来自十六岁的欲望。

忧伤

我曾领略过铅笔无情的悲哀，
在盒中整整齐齐，簿子和纸镇的忧伤，
马尼拉纸夹和粘胶的所有苦难，
一尘不染的公共场所里的凄凉，
寂寞的接待室，盥洗室，接线总机，
盆子与水壶无可更改的怅惘，
旋转印刷机，回形针，逗点的仪式，
生命与物品无休无止的复制。
我也曾见过机构墙壁的灰尘，
比面粉更细，活的，比硅石更危险，
飘洒，近于无形，经过厌烦的漫长午后，
将一层细膜落在指甲和精致的眉头，
给白发，重复的灰色标准面孔上釉。

双片连映

雄鹿依旧被绑在原木上,光继续到来。
那对情人撤离,怯生生地挪向过道
蹿过母亲,酣睡的孩子,走味的香水,经过经理的微笑
越过天鹅绒链条来到外面夜晚的凉爽空气里。

我随人群在摇摇晃晃的爆米花摊边闲逛;
在商店橱窗前徘徊,依旧不愿离开;
我游来荡去,脚跟挂在路缘上,刮到一个脚趾;
或用一只手含混的挥动送走一辆车。

一道时间的波浪一动不动悬在这片特殊的海岸上。
我注意到一棵树,在光线里是砷一般灰,或缓慢的
群星之轮,大熊闪烁着比雪更冷,
而回想起我一直都希冀着另外某样东西。

回返

我踩着皮爪子转圈
在变暗的走廊里,
蹲伏得离地板更近,
然后像条狗一般立起。

当我转身回视一眼,
一条大腿上的肌肉
垂落如一片惊骇的嘴唇。

一把冰冷钥匙让我进入
那自我感染的巢穴;
我躺下连同我的生命,
连同抹布和腐烂的衣服,
连同一段崩坏的獠牙
为一个猎人的靴子而裸露。

遗言

亲吻和饼干和甘蓝菜的慰藉，
特别几只水壶细微熏蒸的臭气，
落在图案油毡上的羊肉之泪，
鼾鸣着丰足之睡眠的电冰箱，
在沉重羊毛里挣扎与扭动的蛾，——
哦责任的蠕虫！哦螺旋的知识！

吻我吧，快吻我，失落智慧的女主人，
从一团云里出来吧，多面的天使，
取来我的帽子，我的伞和胶套鞋，
用光笼罩我吧！哦飞旋！哦可怕的爱！

勿评判

比一支耙子上的壤土屑更快变灰的面孔；
孩童，他们的肚子肿胀如吹起的纸袋，
他们的眼睛，李子般醇浓，从新闻纸中凝望，——
这些影像曾萦绕着我在中午和子夜。
我曾想象未出生的胎儿，在子宫里受饿，蜷曲；
我曾请求：愿生命的福祉，主啊，降临到生者之上。

可当我听见醉汉放声嚎叫，
在通闸入口处闻到腐肉，
看见女人，她们的眼睑像小碎布一样，
我说：到这一切之上，死亡，带着温柔，降临吧。

III

夜鸦

当我看见那只笨拙的乌鸦
自一株朽木间振翅,
一个身形便在心中腾起:
在梦的峡湾之上
飞过一只庞然巨鸟
远去又再远去
进入一片无月的黑,
深在脑中,遥不可及。

河流插曲

一只贝壳在脚趾下拱起，
搅动一道淤泥的螺旋，
绕着我的双膝掀动。
我归因于时间的无论什么
都以我的人形放慢；
海水在我的血管中直立，
我保持温暖的各元素
都崩散并付诸东流，
而我知道我原先到过那里，
在那寒冷，花岗岩般的粘土里，
在黑暗里，在翻滚的水中。

微小之极

我细察一片叶上的生命：小
睡鱼，寒冷维度里麻木的纠缠者，
洞里的甲虫，蝾螈，全聋的鱼，
拴在地下又长又软的杂草上的虱子，
沼泽中的蠕动者，
和细菌一般的潜行者
蜿蜒穿过伤口
像池塘里的幼鳗，
它们病快快的嘴吻着温暖的缝线，
一边清洁一边抚摸，
一边爬动一边治愈。

循环

黑暗的水,在地底,
在岩石和粘土之下,
在树的根茎之下,
移转进入平常的日子,
从一道苔藓的小丘升起
在太阳抓得住的雾里。

细雨盘卷在一团云中
被回旋的空气翻转
远离那更寒冷的源头
那里四大元素凝聚
密集在正中那块石头里。
空气变得松弛而响亮。

随后,以减损之力,
那丰沛的雨直落,
以低陷的声音凿洞
甚而至于岩封的地底,
到一条河的源头下面,
到原始的石头下面。

醒来

我漫步穿过
一片空旷田野；
太阳出来了；
热力欢喜。

这边走！这边走！
鸫鹩的喉闪烁，
彼此相对，
花朵歌唱。

石头歌唱。
小的都在唱，
而花朵蹦跳
像小山羊。

一道参差的流苏
是雏菊在摇摆；
我并不孤单
在一座苹果园中。

远方一片树林里，
一只雏鸟轻叹；
露水散发
它清晨的气息。

我所到处河水
流过石头：
我的耳朵懂得
一份清早的快乐。

而所有的水
出自所有的溪流
在我的血管里歌唱
那个夏日。

IV

失落之子

1. 逃亡

在伍德劳恩我听见死的呼号:
我被铁的砰响哄睡,
石头上缓慢的一滴,
沉思着水井的蟾蜍。
所有树叶都伸出它们的舌头;
我摇了摇我的骨头渐软的白垩,
言说道,
蜗牛,蜗牛,闪耀我向前,
鸟儿,轻叹我回家,
虫子,跟我在一起。
这是我的艰难时刻。

曾经垂钓于一个老伤口,
安息的和缓池塘;
无物啃咬我的线,
连米诺鱼都没来过。

坐在一幢空宅里
看着阴影爬行,
抓挠不停。

有一只苍蝇。

嗓音,出于静默。
说点什么吧。
现身为一只蜘蛛之形
或一只扑打窗帘的蛾子。

告诉我:
我取的路是哪条;
我要走出哪一扇门,
去哪里又走向谁?

> 黑暗的空穴说,背朝向风,
> 月亮说,鳗鱼的背部,
> 盐说,凭海而望,
> 你的眼泪并非足够的赞美,
> 你在这里不会找到安慰,
> 在砰响与乱扯的王国。

> 轻盈奔跑在海绵地上,
> 经过平石的牧场,
> 那三棵榆树,
> 那一片地里散落的羊,
> 跨过一座摇摇晃晃的桥
> 向那湍流之水,微皱与荡漾。

> 沿着那条河寻找,

在垃圾,虫蛀的叶间往下,
在泥泞池塘边,沼泽洞穴里,
在缩小的湖边,寻找,在夏季的炎热里。

一只老鼠的形状?
　　比那更大。
　　不到一条腿
　　又不止一只鼻子,
　　就在水底下
　　它通常的去路。

它软得像一只老鼠么?
它会皱鼻子么?
它会进到房子里么
踮着它的趾尖?

　　取一只猫的皮
　　和一条鳗鱼的背,
　　再将它们在油脂里滚,——
　　感觉大概就是那样。

　　它溜滑得像一只水獭
　　有蹼状的宽脚趾,
　　就在水底下
　　它通常的去路。

2. 坑

那些根去哪里?

　　　　　往树叶下看。
谁把青苔放在那里？
　　　　　这些石头在此已经太久。
谁把泥土震成噪音？
　　　　　问鼹鼠，他知道。
我感觉一只湿巢的黏液。
　　　　　提防霉菌母亲。
再啃吧，鱼神经。

3. 乱语

在树林入口，
在洞穴门边，
我曾倾听某物
以前我听到过。

穹棱的群狗
又吠又嚎，
太阳反对我，
月亮不愿有我。

杂草哀鸣，
众蛇哭喊，
母牛和欧石南
对我说：死吧。

好小的一支歌。好慢的云。好黑暗的水。
雨有父亲吗？所有洞穴都是冰。只有雪在这里。

我冷。我全身都冷。把我揉进父亲和母亲。
恐惧曾是我的父亲,恐惧父亲。
他的眼光抽干了石头。

  什么滑动之形
  透过厅堂召唤,
  站定在梯级之上,
  梦幻似的跌落?

  从许多架子上
  栖息的壶嘴,
  我看见物质流动
  那个寒冷早晨。

  就像鳗鱼的一滑
  那水润的脸颊
  当我自己的舌头
  把我的嘴唇吻醒。

这是风暴的心吗?地面正解除自身的宁静。
我的血管在无处运行。骨头是否掷出它们的火?
种子是否正离开旧床?这些萌芽像鸟一样是活的。
哪里,世界的泪水在哪里?
让吻回响,平坦如一个屠夫的手掌;
让姿态凝固;我们的厄运已然注定。
所有的窗都在燃烧!我的生命还剩下什么?
我要那旧的暴怒,原初之奶的鞭挞!

再见，再见，旧石头，时序在走，
我已让我的双手与永恒的焦虑联姻，
我跑，我跑向金钱的呼哨。

    金钱金钱金钱
    水水水
    草多么凉。
    鸟离开了么？
    秸秆依旧摇摆。
    蠕虫有一道阴影么？
    云说什么？

    这些光芒将我销毁。
    瞧，瞧，沟渠是白的在流！
    我的脉管比一棵树还多！
    吻我吧，灰烬，我正坠穿一道黑暗的漩涡。

4. 回返

    通往锅炉的路黑暗，
    一路黑暗，
    跨越溜滑的煤渣
    穿过长长的温室。

    玫瑰在黑暗里不停呼吸。
    它们有很多嘴来呼吸。
    我的膝盖在下面几乎没造什么风
    在杂草睡觉的地方。

总有一盏孤灯
在火坑边上摇摆，
在那里消防员抽出玫瑰，
大玫瑰，大而血腥的炉渣。

有一回我滞留整夜。
早晨的光缓缓降临白色的
雪。
有很多种凉爽的
空气。
随后来了蒸汽。

管道的敲打。

温暖的阵雨洒过小植物。
Ordnung①！ ordnung！
爸爸要来了！

一团薄雾从树叶上移开；
霜融化在远处的窗玻璃上；
玫瑰，菊花转身朝向光。
连寂静的形体，弯曲的淡黄色杂草
都以一种缓慢的上摆移动。

5. "正是初冬"

正是初冬，

---

① 德语："秩序，条理"。

一个中间时段,
风景仍是局部棕色:
杂草的骨头在风中摇摆不停,
在蓝色的积雪之上。

天上是初冬,
光缓缓移过凝冻的田野,
照临干燥的籽冠,
美丽幸存的骨头
在风中摇摆。

光越过广阔的田野;
停留。
杂草停止了摇摆。
心移动,并未独处,
穿透清澈的空气,在寂静中。

  那是光么?
  是里面的光么?
  是光里面的光么?
  安静正变成活的,
  然而安静么?

一个活泼易懂的精灵
曾让你欢愉。
它会再来的。
安静点。
等着。

长道

1

一条河溜出草丛。一条河或一条蛇。
一条鱼浮起肚皮上翻,
滑过白色的水流,
缓慢地转动,
缓慢。

黑暗流淌在自身之上。一张死去的嘴在一株老树下歌唱。
耳朵只在低处才听得见。
记住一个旧声音。
记住
水。

这炉渣跑得很慢。金属破裂时是什么在流血?
肉,你在冒犯这金属。骸骨需要哀悼多久?
那些号角在山顶上么?昨天有一副漫长之相。

瞧,瞧,硫磺色的水说,
在炭渣的高原上没有污秽。
这道烟来自上帝的荣光。

你能否说出它的名字?我说不出它的名字。
我们不要着急。死人并不着急。

还有谁在这里呼吸?坟墓在说什么?
我的大门都是洞穴。

2

魔鬼远离。主啊,你需要什么?
　　灵魂居于马厩之中。
相信我,没有别人,柔弱如猫的姐妹。
　　亲吻那食槽,星期五的猪。
到我这儿来,奶鼻子。我需要一笔活人的贷款。
　　软骨中并无喜乐。
你是为谁而造,我触不到甜蜜?
　　看云雀在做什么。
发光者,我们要不要在上帝的怀中相会?
　　回视一池的凝望。

3

跟紧了。我定要杀死别的东西么?
羽毛可不可以吃我?淤泥中毫无头绪。
这风给我鳞片。发发慈悲吧,软骨:
这是我与一阵旧痒最后的华尔兹。

　　一个等待的幽灵令死者温暖
　　直到他们双膝吱嘎:
　　于是起身离开我们又能做什么
　　除了将大麦折断和挤榨。

淘气鬼来淘气鬼走
因此在恐惧中大胆；
干草在马嘴里蹿蹦，
下颏跳向鼻子。

让我富有吧樱桃儿一个抚弄的吻，
夏天哈的砰砰撞击：
递给我一支羽毛，我会把你扇暖，
我对我的爪子很满意。

石竹香哈，
石竹香呵，
我的爱被锁在
老筒仓里。

她向母鸡哭泣，
她向鹅挥手，
但它们不过来
让她释然。

假如我们拆下
一支火柴头
我们要做什么
来遂猫的愿望？
我们要刨鱼么？
山羊的嘴
会笑到最后么？

4

那是贴近的一击。看遗嘱要什么。
这空气能让一根枯枝生肉。亲爱的耶稣,让我流汗吧。
花朵在此么?鸟儿在此。
我应该召唤花朵么?

  来吧最细小的,来吧最温柔的,
  来吧低语在小水域之上,
  伸向我吧玫瑰,甜美的一枝,在沃土中依然湿润,
  来吧,来吧走出阴影,凉爽的路径,
  线与茎的长道;
  弯低下来,小小的呼吸者,攀爬者与盘绕者;
  从层台和长凳上倾身,
  滴水的仙客来与百合花。
  你有什么鱼梯,最细小的花朵,
  摇曳在步道之上,在水润的空气里,
  在柔光中假寐,花瓣脉动。

轻盈空气!轻盈空气!天使的一刺!
树叶,树叶成为我!
卷须拥有我!

5

砖块在我脸前剥落。水的主宰,隔着树木。
拿给我一个桃子,爱抚着,山丘在那里。

坚果就是金钱:为何以及还有何物?
投下一道空气的奔涌,哦湍流,
让海在尘土里闪耀。

把狗叫回来,我的爪子不见了。
这阵风带来许多鱼;
湖泊会欣喜:
把我的手给我:
我会取火。

一片光原

1

来到了湖泊里;来到了死水中,
长有青苔,树叶漂浮的池塘,
沉入沙中的铺板。

一段原木在一脚的轻触下翻转;
一根长长的杂草向上浮起;
一只眼倾斜。

  小风发出了
  一阵阴寒的响声;
  最柔软的海湾
  为声音而哭。

  伸手摘葡萄
  树叶就改变了;
  一块石头的形状
  变成了一只蛤。

  一阵细雨落
  在了胖树叶上;
  我独自一人在那里
  在一场水的假寐之中。

2

内在于我的天使,我问道,
我曾经诅咒过太阳吗?
言而信守。

  下面,麦束下面,
  暗黑的树叶下面,
  绿色的粘性棚架背后,
  田野边缘的深草之中,
  沿着只在八月干枯的低地,——

我当时亲吻的是尘土吗?
一声叹息远远而来。
独自一人,我亲吻一块石头的皮肤;
骨髓柔软,在沙中舞蹈。

3

污垢离开了我的手,造访者。
我能感觉到牝马的鼻子。
一条小路在走。
太阳闪烁在一道小小急流之上。
某样早间事物到来,拍打着翅膀。
大榆树里装满了飞鸟。

  听着,爱,

胖云雀曾在田间歌唱;
我曾触摸地面,被双领鸻温暖的地面,
盐曾大笑还有石头;
蕨草曾自行其道,而脉动的蜥蜴,
和新的植物,在它们的土壤中依然不适,
可爱的小东西。
我可以观看!我可以观看!
我看见过万物的分离!
我的心曾随浩大的青草而扬起;
杂草曾信我,还有筑巢的鸟儿。
曾有云朵造出一团混乱的形体越过一道雪松的防风林,
而一只蜜蜂摇摆着从一支浸透了雨的忍冬上落下。
蠕虫曾愉快如鸫鹆。
而我曾行走,我曾走过轻盈的空气;
我曾随早晨移动。

火之形

  1

   这是什么?一盘肥唇。
   谁在说?一个无名的陌生人。
   他是一只鸟还是一棵树?不是人人都说得准。

水消退至蜘蛛的哭喊。
一艘旧平底船撞上黑岩。
一只裂开的豆荚呼鸣。

   母育我离开这里。骨头还会顾得到什么?
   海给风喂奶吗?一只蟾蜍折叠成一块石头。
   这些花全都是獠牙。安慰我吧,暴怒。
   叫醒我,巫女,我们要做烂木棍的舞蹈。

页岩松动。泥灰延伸进田野。小鸟飞越水面。
精灵,靠近点。这不过是白的边缘。
我不可以哂笑一支狗的队列。

   在成熟的钟点树是贫瘠的。
   母熊在山下闲荡。
   母亲,母亲,从你的悲伤之穴起身。
一只低低的嘴舔水。杂草,杂草,我多么爱你。
藤架更加清凉。别了,别了,宠爱的虫子。

温暖无声而至。

2

>眼在哪里?
>眼在猪栏里。
>耳朵不在这儿
>头发下面。
>当我脱下衣服
>找到一只鼻子,
>只有一只鞋子
>给前去的华尔兹。
>何方的关头。

平头之人的时间到了。我认出那听者,
有陈词滥调与橡胶甜甜圈的人,
正融化于膝头,一份静脉曲张的恐怖。
嘿,嘿。我的神经认识你,亲爱的男孩。
你有没有来过扰乱我的影子?
昨晚我睡在一只舌头的坑穴里。
银鱼在我的特殊滚边里跑进跑出;
我厌倦了姓名的仪式和软体动物的助理看护;
越过一座高架桥我到来,抵达另一个冬天的蛇与枝,
一只两条腿的狗在寻找一道新的嗥鸣地平线。
风在一块岩石上将自身打磨锋利;
一个嗓音歌唱:

地上的欢乐
　　并无声响，
　　轻易就逼疯
　　不安之人。

　　谁，漫不经心，滑倒
　　在盘卷的软泥中
　　受困于嘴唇，
　　留下的不止是鞋子；

　　必定要扯下衣服
　　要抽搐如一只青蛙
　　在肚子和鼻子上
　　出于吮吸的沼泽。

我的肉吃我。谁等在大门口？
石英之母，你的词语扭进我耳中。
更新那轻浅，淫荡的低语。

3

黄蜂等待。
　　　边缘不能吃掉中心。
葡萄闪烁。
　　　路径对蛇说得不多。
一只眼睛出于波浪之中。
　　　来自肉体的旅程最长。

一支玫瑰摇摆最少。
　　救赎者前来一路黑暗。

4

晨间美人，且随我回返得更远
进入那杂草与沟渠的米诺鱼世界，
当苍鹭高高飘行在白屋之上，
而小螃蟹溜进银色的陨石坑。
当太阳为我辉耀一颗沙粒的两侧，
而我的意向随萌芽的初颤而铺展于其上。

那空气与光泽：和那忽闪响亮的夏日呼鸣：
溪流中生髯毛的板和苹果的全体；
山上高兴的母鸡；和嗡嗡作响的搭棚。
死亡不曾在。我曾活在一场简单的瞌睡里：
手与头发移行穿透一场正在苏醒的花朵之梦。
雨水曾令洞穴甘甜而鸽子依旧鸣叫；
鲜花曾倚在自身之上，空谷里的鲜花；
而爱，爱曾在近处歌唱。

5

要拥有全部的空气！——
光，完满的太阳
降临在头状花序之上，
卷须正缓慢地旋转，
一场缓慢的蜗牛提举，消融；

要在玫瑰身边
缓慢地起身离开它的床榻,
仍像一个孩童在它最初的寂寞里;
要看见仙客来的脉络在初照阳光下更显清晰,
而雾气从棕色的猫尾中腾起;
要凝望那余光,留在湖面上的闪耀,
当太阳已落到一座树林覆盖的岛屿背后;
要跟随一只升起的船桨滑落的水滴,
举起,当划桨者呼吸,而小舟悄然漂移向岸;
要知道光降落与倾注,时常不为我们所知,
当一只不透明的花瓶因快速注入而满到瓶口,
满得在边缘发颤却并不溢出,
依然容纳并滋养着里面那枝花的茎干。

(这一序列在《赞美到底!》第二部中继续,并在《醒》中以"哦,你这缺口,哦"结束。)

选自《赞美到底!》(1951 年)

I

门声大开的所在

   1

      一只小猫可以
      用他的脚来咬;
      爸爸和妈妈
      有更多的牙齿。

      坐下来玩
      在摇椅下面
      直到奶牛
      都有了幼崽。

   他的耳朵没有时间。
   请给我唱支催眠曲。
   一份真的伤痛是轻柔的。

      从前在一棵树上
      我碰到一个时间,
      它甚至不像是
      一个梦里的食尸鬼。
      曾有一个没角的人
      有一顶橡皮帽子

　　　　比那还要好笑，——
　　　　被他藏在罐子里。

几点了，爸爸种子？
一切都来过两次。
我父亲是一条鱼。

2

　　　　我唱一支小歌，
　　　　我叔叔走了，
　　　　他已去到永远，
　　　　我也不在乎。

　　　　我知道谁抓到了他，
　　　　他们会跳上他的肚子，
　　　　他不会成为天使，
　　　　我也不在乎。

我认得她的响声。
她的脖颈有小猫。
我会为她打个洞。
在火里。

　　　　小鸟儿会黄我唱过。
　　　　她的两眼亲吻去了
　　　　那是又不是她在那儿

我唱我整天在唱。

3

我知道那是一只猫头鹰。他让天变得更暗。
你在哪里就在哪里吃。我不是一只老鼠。
几块石头依然温暖。
我喜欢柔软的爪子。
或许我迷路了,
或睡着了。

一条蠕虫有一张嘴。
谁让我延续?
把我打捞出来。
拜托。

上帝,给我一个靠近。我听见花朵。
一个幽灵吹不了口哨。
我知道!我知道!
你好快乐的手儿。

4

我们曾去到河边。
水禽啨声而去。啨声而去。
踏入潮湿。越过石头。
其中之一,他的鼻子闻到一只青蛙,

却让他溜掉了。

我曾为一条鱼难过。
不要在船上打他,我说。
看他吐气。他想要说话。
爸爸把他扔了回去。

大头鱼有鳃须。
他们还会咬。

  他曾浇灌玫瑰。
  他的拇指有一道彩虹。
  茎干说,谢谢你。
  黑暗来早了。

那是以前。我倒下了!我倒下了!
蠕虫已经挪开。
我的眼泪疲倦。

哪儿也不是外面。我看见了寒冷。
去造访过风。鸟儿死去的地方。
多高才是有?
我会是一记啃咬。你会是一下眨眼。
唱歌哄蛇去睡吧。

5

亲吻回来,

我曾对爸爸说;
他全是白白的骨头
而皮肤像纸一样。

上帝在别处,
我曾对妈妈说。
傍晚来了
一段很长很长的时间。

我现在是别人了。
别告诉我的手。
我碰到过永远吗?还没有。
一个父亲就够了。

或许上帝有一栋房子。
但不在这里。

我需要，我需要

1

一个深碟子。里面有块儿。
我不能品尝我母亲。
呼。我认识那把汤匙。
坐在我的嘴里。

一个喷嚏睡不着。
哄哄我们照护
可以吧。

  曾经下去地窖，
  曾对一只龙头讲话；
  滴答的水
  没有什么要说。

  朝我低诉，
  你为何不语，秋海棠，
  并没有呜呼
  在我活着的地方。

曾用一根棍子刮风。
树叶喜欢这样。
死人会咬吗？

妈妈，她是个悲伤的胖子。

　　一只鸽子整天说鸽子。
　　一顶帽子是一栋房子。
　　我藏在他那顶里面。

2

甚至史蒂文一切都更少：
我没有时间弄糖，
把你的手指放进你的脸，
然后会有一粒鼻屎。

　　一个一就是一个二
　　我知道你是什么：
　　你不是很友善，——
　　所以碰两下我的脚趾。

我知道你是我的复仇女神
所以要在卵石所在处暴饮。
麻烦就在于否和是
你看得明白我猜我猜。

　　我愿我曾是一个废话鲍勃，
　　我愿我曾是一个怪人，
　　我愿我有过一万顶帽子，
　　并且赚过很多钱。

打开一个洞看见天空:
一只鸭子知道某样
你我不知道的东西。
明天是星期五。

  我需要的不是你。
  去玩你的鼻子吧。
  呆在阳光底下,
  蛇眼。

3

阻止云雀。我能拿回我的心么?
今天我看见一把胡子在一团云里。
地面呼喊我的名字:
再见吧因为错了。
爱帮助太阳。
但是不够。

4

你栽种时,吐在盆里。
一支镐喜欢凿冰。
为我和老鼠喝彩!——
燕麦好极了。

听见我,软耳和圆石!
那是一场我能摸着的宝贵生活。
谁准备好了要粉红与欢闹?
我的锄头吃起来像一头山羊。

  她的双脚说过是的。
  曾经都是干草。
  我曾对大门说,
  还有谁知道
  水是干什么的?
  朝露吃掉了火。

我知道另一团火。
有根。

引领这一日!

    1

        蜜蜂与百合曾在那里,
        蜜蜂与百合曾在那里,
        彼此相对,——
        你想哪一个?
        蜜蜂与百合曾在那里。

        绿草,——它们会吗?
        绿草?——
        她求过她的皮肤
        让我进入:
        远方的树叶要倒霉了。

永远很容易,她说。
你认识多少天使?——
而在阿尔吉家附近
有样东西曾经过我,
不是一只鹅,
不是一条鬈毛犬。

        一切都更近。这是一个笼子吗?
        寒冷已从月球消失。
        只有树林活着。

我与尘土无法成婚。

　　我是一块饼干。我已经融化。
　　白色的天气憎恨我。
　　为何是我觉得它如何。
　　我抓不到一片灌木丛。

2

鲱鱼醒了。
之间那歌唱都是什么？——
是跟耳语和亲吻一起的？——
我已听到最小的波浪之内。
青草言风之所言：
以岩石开始；
以水结束。

　　当我站立，我几乎是一棵树。
　　树叶，你喜欢我什么吗？
　　一只天鹅需要一个池塘。
　　蠕虫与玫瑰
　　两者都爱
　　雨。

3

哦小鸟正苏醒，
轻如一手在花间，

周围几乎再没有任何老天使。
小树叶下空气静谧。
尘土，漫长的尘土，留存。
蜘蛛驶入夏天。
是时候要开始了！
要开始了！

让路，大门

1

相信我，软骨结，我流血如一棵树；
我除了桌子一无所梦；
我可以爱一只鸭子。

如此音乐在一张皮肤里！
一只鸟在你的骨堆里唱歌。
毛茸茸，水已流散。
拿给我一根手指。这泥土是留给青草的寂寞。
老鼠在跳舞？是猫。
而你，巨大的奶与浩瀚的鱼之后的猫，
一颗月亮从一头牡鹿的眼中逃逸，
友善地倍增了我，——
在我睡眠的绿意之中，
在绿意之中。

2

蓝色之母与干草的诸多变化，
这尾巴仇恨一条平坦的路径。
我已放出了我的鼻子；
我可以融化一块石头，——
那些长鸟怎么了？

我也可以看么,被爱的眼睛?
那是超乎世界的一眨眼。
慢雨中,谁害怕?
我们是正确立场的王与后。
我会拿冬天为你冒险。

你这开始明白的树,
你这肾脏的耳语,
我们会敲打那个瞬间!——
用地板上的些许灰烬与炭渣:
大海会在那里,巨大软湿的阴影,
或许在咬着自己;
最刺耳的青蛙;
还有某一声巨嗥的鬼魂
死在一面墙里。

在大腿的正午,
在石头的春日,
我们将随巨大的茎干伸展。
我们将从事的是那可能正在
望向我们之所是的东西。

3

你这有一颗野兽之心的孩童,
让我做一只鸟或一头熊!
我曾与鱼类玩耍

在不起皱褶的蕨草之间
紧随着一艘风船;
但此刻那瞬间变老,
而我的思想在寻找另一个身体。
我与小猫头鹰同悲。

4

触摸并唤醒。吸吮并抽泣。诅咒并哀悼。
那是一记冷刮在一个低处。
死乌鸦在一根电线杆上风干。
影中之形
观望。

口发问。手拿取。
这些翅膀来自错误的巢。
站在洞里的人
从不泼溅。

我听到一阵旧风的拍打。
寒冷知道何时到来。
在我体内跳动的
我依然承受。

深流回想:
我曾是一个池塘。
溜走的东西
供应。

感性!噢啦!

1

我是别人的蛇。
看!她正睡得像一座湖:
要抓取的荣耀,我说。

  在某个黯昧头脑的良夜里,
  你生如大理石一般。
  我命名你:事物之少妇,
  一枚真正微风出没的木头。
  大海的不平等长度由你的诞生宣告
  出自一个比角更硬的壳。
  你那温柔白化的凝望
  曾对我的精魂言说。

这里是够奇怪的,或许。
某种稀有的新沉闷正在成形:
我嗅到那些跳跃在前。
一只猫能给一只母鸡挤奶吗?

2

一声何物的耳语,
你这率真的狗?——

黄蜂温柔吗？
大拇指的约翰在跳；
货品们，我们来了！

  一形来而不去：
  漫长的肉体。
  我认识走出一声大笑的路径；
  我是一支可触的细枝，
  愉悦如一把刀。

3

你们这些突如其来的众神，
有一个幽灵散逸在长草之中！
我的甜心仍在她的洞里。
我唤醒了错误的风：
我独自与我的肋骨相处；
湖水洗涤它的石头。
你已经见过我，恶臭的王子，
赤裸而完整。
尊贵么？是的，——
就凭邻家一只猫的尾巴的抬举，
或是那个旅行皮箱里藏着蟾蜍的老女妖。
妈妈！戴上你的黑头巾；
这是一条通往别处的长路。
阴影说：热爱太阳吧。
我爱过。

啦,啦,
光回转。
月依旧长留。
我听见你,月之异族。
太阳是否在我的臂膀之下?
我的睡在欺骗我。
黑暗有没有一扇门?
我在别处,——
我坚持!
我在。

哦哄我睡吧,哄我睡吧

1

一声叹息延伸天堂。
此中,老鼠的教区里,
谁是呼吸的主教?

  她让自己保持得多么静止。
  愿麻痹得赐福。
  并非所有动物
  都四处走动。

告诉我,蜇刺的尊主们,
是时候思考了吗?
当我言说喜爱之物,
我听见歌唱。
哦我的爱轻如一只鸭子
在一道被月亮遗忘的浪尖上!

  大海有很多条街;
  海滩随浪升起。
  我认得我自己的骨头:
  这娼妇则不然。

2

空气,空气供奉。

光养肥岩石。
让我们先游戏再遗忘!

一个愿望!一个愿望!
哦可爱的裂缝,哦白色的
道路通往另一道神恩!——
我看见我的心在种子里面;
我将呼吸吹入一个梦,
而地面哭泣。
我癫狂而无礼,
一只跃冬的青蛙。

抚慰我吧,下面的宏大呻吟,
我仍在等待一只脚。
风的捅刺近了,
但我不可以独自去跳跃。
为了你,我的池塘,
与小鱼一起摇摆,
我是一只仅有一鼻的水獭:
我一切就绪准备吹哨;
我不止是我出生时的我;
我可以对万物说你好;
我可以对一只蜗牛讲话。
我看见歌唱之物!
歌唱之物!

II

赞美到底！

1

这片树林里很黑,温柔的嘲弄者。
我像一粒种子般膨胀是为谁?
我有好一阵骨痛。
紧张之父,我终于下探我的皮囊。

这对老鼠来说是美好的一天。
扎我以刺,挠我的痒,身边的茎梗。
乡巴佬,他可以独自跳舞。
喔,喔,我是一个鳗鱼的公爵。

  弓起我的背,漂亮的骸骨,我两头都已死去。
  温柔温柔地,您会叫醒蛤蚌。
  我会独自投喂那幽灵。
  父亲,原谅我的手。

圈环已从池塘中离去。
这条河独自陪伴它的水。
一切上升都
沉落。

2

你现在何处,我美好跳荡的软骨,
我蓝色原生的极品,被糖麻倒?
曾有一回我自河岸钓鱼,轻如树叶而快乐:
在静谧以南的岩上,在亲吻的邻近区域,
我嬉闹,柔韧如一个孩童,沿着我血脉的夏日街道,
精确如一粒种子,刺人而多细枝。
现在水很低。杂草将我超越。
有必要,在苍蝇和香蕉中间,保持一份持久的警惕,
因为虚伪谦卑的攻击急转向更坏的一面。
缺少狗的率真,我亲吻离别的空气;
我对自己的过激并不真诚。

摇我去睡吧,天气错了。
跟我说话吧,结霜的胡子。
唱给我听,宝贝儿。

> 米普斯和玛这哞哞的哞,
> 他的同类在咬着谁,
> 一头母牛是件麻烦谁又是一声咕?——
> 小东西做的事就是最终。

> 我最宝贝的宝贝我最美的美人,
> 你父亲曾将一只猫扔到空中,
> 尽管你和我都不曾在那儿,——
> 小东西做的事就是最终。

要宏阔如一只夜猫,要光滑如一只青蛙,
要良善如一只鹅,要大如一条狗,
要光润如一头小母牛,要长如一头猪,——
小东西会做的事将是最终。

我总结!我总结!
我最亲爱的尘土,我不能留在这里。
我被可厌之枕的翻覆所消解。
恰是水的沉落已将我打造得无力。
我曾在一座死皮的凉亭酣睡。
这是我吃过的一个王子身上的一片。
这盐无法温暖一块石头。
这些懒惰的灰烬。

3

石头曾经锋利,
风曾向我背后袭来;
曾沿着高速公路一直走,
款款而行如一只猫。

太阳出来了;
湖水变成了绿色;
曾在黄金一般的草上嬉戏,
年十三岁。

天空破开了

我所知的世界；
曾像猫一样伏地
嗅闻露水。

> 我曾梦见我只剩了骨头；
> 死者曾在我袖中沉睡；
> 可爱的耶稣曾将我掷回：
> 我曾将太阳轻松消磨。

> 那几个声音曾经很低；
> 河水曾落潮又涨潮：
> 欲望曾是冬天的平静，
> 一个月亮远。

如此夜猫一般的乐趣！鱼最先到来，甜蜜的鸟儿。
皮肤是最不属于我的。亲吻这个。
永恒是否很近，在抚弄？
我听见手的声音。

骨头可否呼吸？这坟墓有一只耳朵。
仍足以应对一只虫子的敲打。
我感觉不只是一条鱼。
幽灵，再靠近点。

4

空气的拱门，我的心原生的敲击，

我上上下下都醒了：
我已从泥淖爬来，警惕如一个圣人或一条狗；
我知道回流的喜悦，和石头永恒无脉搏的向往。
极乐我无法囤积。
我的朋友，墙内的老鼠，带给我最明白的消息；
我沐晒于变化的凉亭里；
植物招手迎接我，还有夏天的苹果；
我的掌汗闪烁黄金；
之前多有惊讶，我将我的身份丢给了一块鹅卵石；
米诺鱼爱我，还有驼背和吐口水的造物。

我相信！我相信！——
相信麻雀，在砾石上快乐；
相信冬天的黄蜂，在阳光下脉动着翅膀；
我去过别处；我记得那些海洋面容的大叔；
我还听见，清清楚楚，属于另一种歌唱的心，
比钟声更轻，
比水更温柔。

因此，哦鸟儿和小鱼，围绕我吧。
洗濯我吧，终极的水域。
黑暗向我呈现了一张脸。
我的幽灵全都快乐。
光成为我。

展开！展开！

1

凭借蜗牛，凭借青蛙的跳跃，我来到了这里，精灵。
告诉我，没有皮肤的身体，一条鱼会出汗吗？
我无法经由那些血管爬回去，
我为另一个选择而疼痛。
悬崖！悬崖！它们将我掷回。
永恒在最后的巉岩中嚎叫，
田野不再简单：
那是一个灵魂的穿越时间。
死者言说噪音。

2

是时候你站起来了并且提问了——
　　——或是坐下了并且做了。
一条没有歌的舌头
　　——仍可在一只壶里吹哨。
你浑身的脓疱
　　——谁会在乎？老夜猫子么？
当你发现风时
　　——寻找白火去吧。

3

好一场谚语的泛滥，掐拧先生！

内脏都清了么,无瑕的甘蓝?
上一回我差点耳语将自己送走。
我远远归来,比任何别人都更远。
在短叶松平原上我曾搜寻无人知晓的鸟儿;
钓着鱼,我在耳后撞见了自己。
独自一人,在一场昏睡中,我谛视广告牌;

我对油性真菌和死水的藻类隐身;
在我回归时,被腐烂茎杆的古老友情所尊崇。
我纯净如一只虫子在一片叶上;我珍爱霉菌的子孙。
甲虫甘甜了我的呼吸。
我入睡如一只昆虫。

我遇见过一个丝弦收藏家,一个缓慢形体的牧人。
我的使命变成了米诺鱼的救赎。
我曾伸展如一块木板,几乎是一棵树。
甚至线段都曾有过一种言说。

后来,我做到了,我在简单的树林里跳舞。
一只老鼠曾传我诀窍,我曾是一个快乐的问询者。
纯属偶然带给了我很多饼干。
我跳进了黄油。
头发曾有过亲吻。

4

轻松是口的生活。好一份对成熟的欲望!

所有的开口都赞美我们,哪怕是油性的洞穴。
灯泡崩裂。谁在漂浮?不是我。
眼在小幻象里消亡。
还有什么已被葡萄藤释放?
我听见一只死去的舌头呼喝。

5

唱吧,唱吧,你们这些符号!一切简单的生灵,
一切渺小的形体,羞如柳树,
在隐晦的薄雾中,唱吧!

一声轻歌从叶间传来。
一声慢叹说是。光亦叹息;
一个低微的嗓音,悲伤如夏。
是你么,寒冷的父亲?父亲,
米诺鱼为之歌唱的人?

  一栋留给智慧的房子;一个留给启示的领域。
  对石头说话,而群星回应。
  起初是可见之物隐蔽:
  到光所在之处去。

  这团脂肪笑不出来。
  唯我的盐有一个机会。
  我会寻求我自己的温驯。
  我得到的神恩足够了。
  迷失者有他们自己的步调。

茎杆询问别的东西。
坟墓所言,
巢穴否认。

在他们残酷的灌木丛中
死者狂乱。
他们有用。

我呼喊,爱!爱!

1

流泪而去了,小骨头们。可是去哪儿?
我要鸽子时来了黄蜂。
姐妹沙燕,它们轻踩拖鞋离开。
还有什么可以降临?

  异样地愉悦我吧,白色的精灵们,——
  某个差使,隐晦如风的回路,
  一个秘密要从一条鱼的双唇间抽出。
  循环性是这样一份耻辱么?
  一只猫走得更宽。

何谓一份浓厚?二乘二是一个形状。
这蟾蜍曾经可以在一面鼓上跳华尔兹;
我听见一声最可爱的喝彩:
我是牛眼鲷之王!

2

理由?那个枯燥的棚子,那个邋遢男生的窝舍!
那篱笆鹪鹩的歌别有所言。
我在乎猫的呼喊与拥抱,水一般生活。
我用一支残尾在沙上描过这些词语;

现在鳃肉正开始哭泣。
如此一阵甜美的响声：我为它无法入睡。
赐福我和我所在的迷宫吧！
你好，某某精灵。

  老鼠，老鼠，从羊齿草里出来吧，
  小嘴儿们，继续你们漫无目的叽叽喳喳：
  满满一膝的苹果睡在这草中。
  那份具体性的苦痛！——
  太阳在沃土上游戏，
  而春天最初的尘土倾侧于外景场地之上，——
  我再一次宣布一个喜悦的条件。
  走进风中去，小子！

在一个透湿的地方，所有的快板与敲打都认可。
一声干涸的呼叫来自属于我的沙漠；
骸骨寂寞。
开端启始而无影，
比米诺鱼更细。
活的青草随太阳旋转，
脚奔过简单的石头，
有足够的时间。
瞧啊，在蠢人的眼中，
爱。

3

我听见猫头鹰，轻柔的召唤者们，从铁杉树上下来。

蝙蝠穿进穿出柳树,
翼翅弯曲而确定,
往下又往上,
沉落又疾转接近不动的水面。

一条鱼跳起,抖落月光的雪片。
单单一排浪轻轻开始并从容向岸,
在较浅水中的芦苇间起皱,
抬着几段嫩枝和浮叶,
随后冲上来漫过小石头。

湖面上的光芒
倾斜,向后又向前。
水退得很慢,
温柔地摇摆着。
谁解开了树?我现在想起。
我们曾相会在一巢之中。在我此生之前。
黑发曾叹息。
我们进入从不是
独自一人。

选自《醒》（1953 年）

哦，你这缺口，哦

1

我会打造它；但它可能占有我。
老鼠是我的位相。
我的左侧柔嫩。
把水流读给我听。

让我目眩吧，晕眩的警句家。
扔给我一个规诫。
我是一股气流睡在一根枯枝边；
我迷失在我拥有之物里。

  深渊呼叫高峰
    ——哪个都不知道。
  那些靠近地面的——
    唯勿入风中。

铮铮，谁可与安适等同？
我曾见过我父亲的脸还没有
深处于将来一物的腹中。
魔鬼并未死去；他只是不在而已。

安在哪儿？路易在哪儿？随风的乔克在哪儿？
原谅我一分钟，仙女。
我要改变形象，和我的鞋。

一只真的鼹鼠漫游如一只蠕虫。

2

而此刻是不是我们将会拥有万物之上那毛茸茸的耶稣微光，那动物率直的凝望，一道不及羽毛的阴影，复活的光之断续言说，一场温驯熊黑的鬼魅之行，闪烁皮肤上的一轮明月，一件你无法诉诸低语而等同于一个伤口的事情？

我厌倦了这一切，口袋脚。我随时都能听见小天使。谁在乎死去内衣的舞蹈，或纸袋的悲伤华尔兹？谁曾说过上帝在你的肥胖体形中歌唱？你不是干草的唯一守护者。那是一条小西鲱的闲扯。也不要以为你是简朴的可爱玩意儿。一片叶子就能拖动你。

一颗摇撼之心的暴怒，那高尚稀有真正危险的义愤何在？让我劝导得再慢一点：

黑暗有它自身的光。
一个儿子有很多个父亲。
站在一道缓慢溪流边上：
听见存在之物的叹息。
做一块满意的岩石
在平凡的一天。
醒也就是
亲吻。
对。

3

你指的是？——

我可以跳跃,真诚以对田野,
凭百合的主权?
做一个用爱点亮的身体,
悲伤,在歌唱的一刻?
还是快乐,正确如一顶帽子?

哦,我是怎样一种网状的神奇!
摇摆着,你会相信么,
像一棵小树苗,
足可让一朵云愉悦!

这只青蛙曾有过另一次跌落。
老茎杆仍有一丝脉动;
我已悄悄走出了一场哭泣。
神圣的根摇动一座山的尾巴;
我真诚以对汤汁,并乐于提问:

我歌唱绿色,与即将到来之事,
我是另一种状况之王,
如此鲜活我尽可以死去!
地面如火焰般跳动着!
你们这些多余的丑肥婆,
你们这些皮肤的敌人,——
一只海豚在我门口!
我像树枝一样闪烁着!
云雀是我心!
我为新闻而狂!

我的幻想是白的!
我是我的脸相,
爱。

  谁在床上读书
    ——便在炉上通奸。
  一条老狗
    ——应该睡在自己的爪上。

看甜美的竖琴说什么。
一首歌应否打断一场睡眠?
一段根茎的圆宅,——
那是否可去之处?
我是一支曲子将死
于粗粝的石上。
一只眼睛说,
来。

我不断梦见蜜蜂。
这肉体有透气的骨头。
去即是知。
我看见;我寻找;
我在近处。
要真诚,
皮肤。

来客

1

一片云移近了。风的巨体变幻。
一棵树在水上摇摆。
一个嗓音说道:
留下。留在釉泥边上。留下。

最亲爱的树,我说,我可否在此休息?
一道涟漪发出一声轻柔的回应。
我等待,警醒如一条狗。
紧贴着一块石头的水蛭等待;
还有螃蟹,安静的呼吸者。

2

慢,慢得像一条鱼她来了,
慢得像一条鱼向前来,
在一道长波中摇摆;
她的裙子不触及一片树叶,
她的白胳膊向我伸来。

她来得无声无息,
并未轻拂潮湿的石头,
在傍晚柔和的黑暗里,

她来了,
风在她发间,
月亮正开始。

3

我在一清早醒来。
凝望着一棵树,我感觉到一块石头的脉动。

她现在在哪里,我说个不停。
她现在在哪里,山脉的绒毛姑娘?

然而灿烂的日子没有答案。
一阵风在一张苹果虫的网中搅动;
那棵树,近处的柳木,摇了摇。

一个轻盈的呼吸者

那精灵移行,
却停留:
悸动如一朵花悸动,
从芽鞘开始依然潮湿,
慢慢地展开,
在天光下随它的卷须旋转;
游戏如一只米诺鱼游戏,
拴在一支塌软的杂草上,摇摆着,
四下环游,探身进出水流,
它的阴影离散,一支水般的手指;
移动,像蜗牛,
依然内向,
占据并拥抱它的周遭,
从不祈愿自己离开,
不惧其所是,
一顶兜帽里的一曲,
一样小东西,
在唱。

简的挽歌

   （我的学生，被一匹马抛坠）

  我记得那颈上的发鬈，柔软而湿漉像须蔓一样；
  和她敏捷的眼神，侧脸小梭鱼的一笑；
  以及，有一回被惊起讲话时，轻音节怎样为她而跳跃，
  而她在自己思绪的愉悦中取得平衡，
  一只鹪鹩，快乐，尾巴甩进风中，
  她的歌声颤动着嫩梢和小枝。
  阴影随她歌唱；
  树叶，它们的低语化作亲吻；
  霉菌歌唱在玫瑰花下褪白的山谷之中。

  哦，忧伤时，她将自己投下这样一个纯粹的深渊，
  即使一个父亲也寻她不着：
  对着稻草刮蹭她的脸颊；
  搅动最清澈的水。

  我的麻雀，你不在这里，
  等待如一支羊齿草，投下一道刺棘的影子。
  湿润石头的两侧安慰不了我，
  苔藓也不能，缠绕着最后的光明。

  恨不能把你从这睡梦中推醒，
  我被摧残的宝贝，我慌乱的鸽子。
  在这座潮湿墓冢上我言说我爱的词语：
  我，在这事上没有任何权利，
  既不是父亲也不是情人。

老妇人的冬日絮语

要抓住,要抓住,——
我知道那个梦。
现在我的激情都睡在一个袖子里。
我的眼睛已经忘记。
像半死人一样,我拥抱我最后的秘密。
哦为了某个将来之事的吟游歌手,
一只唱入彼世的鸟,
上帝的精髓,说着话,
满是欢愉,一道微光
祥和而又平淡,
在一块明亮的石头上。
某处,在羊齿草和鸟儿之间,
大沼泽地闪耀。
我会举行至高的交谈
在众风汇聚之所,
并跃过我的眼,
一个老妇人
穿着自己的鞋子蹦跳。
若我能记得该多好
那弯曲消失的白草,
摇荡开启的门扉,
种种气味,干草的瞬间,——
当我在一声叹息中出海,
乘一艘美丽事物的船。

那个好日子已经过去了:
那栋漂亮房子,那棵高高的
榆树摇来摇去
带着它的浓荫,和鸟儿。
我曾凑近过去倾听
起风的烟囱里的细声,
最后的灰尘飘落
自将灭的余烬。
我已成为一个小种子的哨兵,
在我的花园里独自探寻。
石头行走,它们在哪儿?
去加固一条路了。
萎缩的土壤
已在一阵干燥的风中逃走了。
曾有一度我很亲近我自身的光,
一个自我愉悦的生灵,
倚在一块岩石上面,
我的头发在我和太阳之间,
波浪在我身边荡漾。
我的脚回想过大地,
沃土曾将我举起
这样或那样。
我的容貌曾有一个嗓音;
我在成长中无忧无虑。

若我是一个年轻男人,
我可以在一场堂皇暴怒的尘土里翻滚。

阴影是空的,滑动的外在。
风绕房游荡
去往后方的牧场。
炭渣般的雪在残梗上滴答作响。
我的灰尘渴望无形之物。
提醒我活下去的是
回转的空虚那枯干的刮擦之声,
由我的南窗渗出的细小烟尘。
很难去关心角落,
和纸张撕裂的声音。
我沉落,越来越深,
到我自身的静默里。
在冷空气之中,
那精灵
变硬。

给约翰·戴维斯爵士①的四首

1. 舞蹈

是那舞蹈在人的意念中放慢
让他以为宇宙能够嗡鸣么?
巨轮的车轴能转时就转;
我需要一个唱歌的地方,和跳舞间
而我已向我的耳朵作出一个承诺
我会唱着歌吹着哨跟熊罴嬉戏。

因为它们都是我的朋友:我见过一头滑
下一道陡峭的山坡乘着一块冰糕,——
或者那是一本书里的吗?我怀着自豪思索:
一头笼子里的熊很少两次做同一件事
用同一种方式:哦看他的身体摇摆!——
这动物总回想起要快乐。

我尝试将我的影子掷向月亮,
在我的血随一支无词歌曲跳跃的时候。
尽管跳舞需要导师,我却不曾有过一位
来教我的脚趾倾听我的舌头。
但我在那里学到的,独自一人跳着舞,
并不是一块石头毫无乐趣的运动。

---

① Sir John Davies(1569—1626),英国诗人,政治家。

这节奏我是取自一个名叫叶芝的人；
我取用它，又将它再次归还：
因为别的曲调和别的顽皮节拍
已摇荡了我的心并穿透了我的脑。
是的，我曾跳舞成狂，而又是如何
变成了这样熊罴和叶芝大概知道。

2. 伙伴

在这样的动物和人的热量之间
我困惑不解。欲望是什么？——
让某个别人完满的冲动？
那个女人会将透湿的稻草引燃。
我是一个至高愿望的臣仆，
还是一只空碟里叮当的长柄杓？

我们用混合音步戏作了一段节律：
活生生的死者曾教过我们喜欢。
谁能拥抱他的命运之体？
光沿着生活的领域改变了光。
她凑过来吻我，随后做其他事去了。
我的骨髓像我的脉搏一样狂跳。

我要告诉我的马：我们活得超越
我们的外皮。谁在呼啸而上我的袖筒？
我见一只苍鹭在他的池塘里扑腾；
我知道一种为大象信仰的舞蹈。
生者全体集合！有什么提示？——

做笨拙的伙伴想做的事!

事物闲荡与徘徊。谁宽恕迷失者?
这喜乐比狗跳得更远。谁在乎?谁在乎?
我归还了她的吻,而唤醒了一个幽灵。
哦是何靡靡之音爬进了我们的耳中!
身体和灵魂都知道如何游戏
在那诸神早已迷路的黑暗世界里。

3. 鬼

不可索解的欢乐与恐惧
曾伴随我们所为之事。之后,之前,
铺展着死者所有的孤独牧场;
精神和肉体放声哭求更多。
我们俩,在一起,在渐暗的一天
拿起武器抵抗我们自身的隐晦。

是否彼此都在那游戏中成了对方?
她把我笑出去,又把我笑进来;
在我们自己幽深的中间我们躺卧;
当荣耀失败,我们在一枚图钉上舞蹈。
溪谷在花岗岩的山丘下摇晃;
我们的灵魂朝前望去,美好的日子伫立。

曾有一具身体,它施了一个咒,——
上帝怜悯那些只会放纵到跪倒的人,——
肉体能够让精神显形可见;

我们醒来发现月光在我们的脚趾上。
在一座斑驳树林的丰饶天气里
我们与黑暗和光游戏如孩童该做的那样。

什么形体对着感性的哭泣跳跃向前？——
被抛向劫后岸滨的海兽或鸟儿？
太空可曾用一声叹息摇落了一个天使？
我们曾起身迎接月亮，而再无所见。
那是又不是她，单独一个形体，
被钉在光亮之上，而缓慢地旋转而下。

4. 守夜

但丁抵达了炼狱山，
为隐藏的无瑕之善而震颤，
随一份超越其意志的强力悸动，——
比阿特丽斯可曾否认过但丁的所见？
所有爱侣都凭渴望，与忍耐活着：
召唤一个幻象并宣告它为纯粹。

虽万事最终都是惊异，
谁仅仅一纵身便跃上天堂？
我们之间的纽带柔软；依然，我们亲吻了；
我们将混乱消解为一个奇怪的声音：
波浪悠然破碎，呈白色向我哭喊；
她的样子在消逝的天光中就是早晨。

可见之物掩藏。可谁知道是何时？

事物有它们的思想:它们是我的碎片;
我曾经想过这个,而思绪重又回转;
迷眩中,我们随看不见的东西倾身向前。
我们舞到闪亮;嘲谑于漆黑
而无形的夜之前,后者并无回应。

世界为生者而存在。他们是谁?
我们曾激黑暗去延伸到白与温暖。
她曾是风,在风挡我路的时候;
活在中午,我曾以她的身形陨灭。
从肉体升上灵魂者认识那坠落:
这个词比世界跳得更远,而光是一切。

醒

我醒来入睡,将我的醒放慢。
我感觉我的命运在我无可畏惧之物中。
我以去我必定要去的所在学习。

我们凭感觉思考。有什么要知道?
我听见我的存在从一耳舞至一耳。
我醒来入睡,将我的醒放慢。

那些在我身边那么近的,哪个是你?
上帝保佑土地!我要在那里轻轻走,
并以去我必定要去的所在学习。

光占有树;但谁能告诉我们怎样?
低微的虫豸爬上一道旋梯;
我醒来入睡,将我的醒放慢。

大自然还有一件事要做
对你和我;所以吸取鲜活的空气吧,
还有,妙极,以去要去的所在学习。

这摇摆令我保持稳定。我应该知道。
消散而去的是永远。又在近前。
我醒来入睡,将我的醒放慢。
我以去我必定要去的所在学习。

选自《给风的词语》（1958 年）

I

轻松篇章与给儿童的诗

手风琴之歌

不是欧内斯特；不是斯各特——
我倒霉时认识的小伙子；
他们不吹牛；他们也不抽泣，
而是迈步上前朝魔鬼挥拳；
交手了一招半式之后，
他们全都像你我一样坐下
——然后开始喝光身上的钱。

不是殖民地；不是白鹳；
不是纽约，纽约的场所；
但我和一个女朋友学了很多
在艾科斯①，托莱多②和怀恩多特③
——关于送走我们的钱。

那是跳入股池；那是守在大厅；
那是"你会相信吗——釜亲真高！"
（原来她根本没有一个父亲）

---

① Ecorse，密歇根州东南部城市。
② Toledo，俄亥俄州北部城市。
③ Wyandotte，密歇根州东南部城市。

——不过是她能怎样烧光那些钱!

一个我确实喜欢去的地方
本是西塞罗①的下腹部;
而东圣路易斯②和莫农加希拉③
曾有过当红的所在让你感到一份
——冲动想要扔掉几个钱。

哦,那时辛科七重奏④曾为我们演奏,
而且连男孩结果都成了男人
当我们坐在那儿喝着那私烧金酒
——一边松手放走我们的钱。

是萨摩茨·马图纳⑤和虫子莫兰⑥;
是跟我再押一注和摆出你的桶来⑦
是放下和翻牌和照旧跑开
——因为你永远赢不到那笔钱。

哦,那没犯一个法,那不是一宗罪,
也没人塞给我一瓶米基芬⑧,
因为只要我可以,我就把它们全买进——
——就用那一大票爷爷的钱。

---

① Cicero,伊利诺斯州东北部城市。
② East St. Louis,伊利诺斯州西南部城市。
③ Monongahela,宾夕法尼亚州西南部城市。
④ Synco Septet,美国爵士乐鼓手麦金利(William McKinney,1895—1969)的乐队。
⑤ 即 Samoots Ammatuna(1898—1925),意大利裔美国黑帮歹徒。
⑥ Bugs Moran(1893—1957),美国黑帮歹徒。
⑦ Stick Out Your Can,1930年代美国流行歌曲的歌名,原创者未详。
⑧ Mickey Finn,搀有麻醉剂的酒。

那是死人的角落,那是凯利的马厩①;
那是只要你行你就一直站着,
可是一个算一个全都滚到了桌底下
——当他想方设法喝光了他的钱。

对于某些人这事情或许说来伤心,
我花在奇佩瓦·凯特身上的银子,
因为她最终乘贝市②货船离了城,
——当她认为我已经花完了钱。

医生,律师,警察都有犒赏——
我也得找个有钱难看的老处女
她既不反感,也不害怕
——帮助我吃干抹净她的钱。

---

① Kelly's Stable,纽约曼哈顿一爵士乐俱乐部。
② Bay City,密歇根州东部城市。

给一名女编辑的回复

  假如《伦敦时报文学副刊》上的这首诗("我认识一个女人,可爱到骨子里")还未在这里发表的话,我们愿为此向您提供75美元。您可否电告我们收取您的回复?

您真诚的,

爱丽丝·S.莫里斯

《哈珀市集》文学编辑

亲爱的爱丽丝·S.莫里斯,我很高兴,当然,
你选择《时报副刊》,并读它的诗文,
并懂得真爱不只是一份生命力
——并因此喜爱我那首名叫《诗》的诗。

丘比特,我告诉你他是个俊美的小崽子;
他的一次来访是一份纯粹的幸运,
而他若到场,你又何必侧身靠后
——而给他朗诵我那首名叫《诗》的诗。

哦刊印它吧,亲爱的,发表它,对,
女士们从不压制她们真正的天性,
当她们来到,神迷目眩,那紧要关头
——要表现我那首名叫《诗》的诗。

我的宝贝,我的至爱,最诚实的在世者,

干脆就寄给我那甜美的七十五元吧；
我会继续去参透爱的本质，
——当我舞向我那首名叫《诗》的诗。

小不点

哦一把胡子里是什么天气?
那里起风了,而且奇怪得很,
你刚一转念天就已经放晴
　　　——咦,有脏脏小不点。

假设你在一场风暴中迈步出门,
身上没穿什么保暖的衣服,
然后又光着脚踩到一只虫子
　　　——当然,那是脏脏小不点。

我正穿越一个好热好热的平原,
这时忽见一个景象令我苦痛,
你原先问过我,我会再讲一遍:
　　　——它看着就像脏脏小不点。

昨晚你躺倒就睡着了?没有!
那个房间是三十五号下;
床单和毯子都变成了雪。
　　　——他进来了:脏脏小不点。

你最好留意下你所做的事情。
你最好留意下你所做的事情。
你是他的部分;他是你的部分——
　　　——你或许就是脏脏小不点。

母牛

从前有过一头母牛,那乳房长着双瓣。
我现在一想起来,就不由得两股战战!
一个人应付不了她,你可以拿命打赌:
要挤她的奶,得一个男人加他的媳妇。

蛇

从前有条蛇非要唱歌不可。
真有过。真有过。
他就这么放弃了做蛇。
就因为。就因为。

他不喜欢他那种生活;
他找不到一个合适的妻子;
他是一条有灵魂的蛇;
他在他的洞里没什么乐趣。
所以,当然了,他必须唱歌,
他就这么唱起来,啥也不管!
鸟儿,它们大吃,大吃了一惊;
然后想出了各种各样的办法
来阻止那蛇的可怕聒噪:
它们买了一只鼓。他不愿打它。
它们发信,——你总要发信,——到古巴
弄来一支最宽广的大号;
它们弄来一支喇叭,弄来一支长笛,
可是什么都派不上用场。
他说:"看呐,鸟儿,这一切都没用:
我不喜欢猛敲或轻吹。"
随后他就放声送出一个可怕的音符
几乎把他的喉咙口撕成了两半。
"你看,"他说,抛出一条蛇的媚眼,

"我对我的歌唱生涯严肃得很!"
而树林回响起无数尖声的啸鸣
当鸟儿们仓惶逃窜飞向下一个周末。

树懒

要论行动缓慢他举世无双。
你对着他耳朵问个什么事，
他想来想去能想上一年；

然后，在他说一个字之前
倒挂在那里（不像一只鸟儿），
他会假设你已经听见——

一个最最让－人－恼－火的傻蛋。
可是你若称他的作派为傲慢，
他会叹着气给他的树枝一个拥抱；

然后他又倒头进入梦乡，
依然勾着他的脚趾轻轻摇摆，
而你就知道他知道他知道。

女士与熊

一位女士找到一只溪流边的熊。
"哦为什么你在用那种方式钓鱼?
告诉我,溪流边亲爱的熊,
为什么你在用那种方式钓鱼?"

"我就是所谓的比德利熊,——
这就是为什么我在用这种方式钓鱼。
我们比德利都是特别的熊。
所以啊,——我在用这种方式钓鱼。

"还有,似乎有一条法律:
一条最最严格的法律
说一头熊
没胆子
没胆子
没有胆量
用一只钩子或一条线,
或一段旧麻绳,
连他的爪子,爪子,爪子尖也不行。
连他的爪子尖也不行。
是的,一头熊必须用他的手掌,手掌,手掌钓鱼。
一头熊必须用他的手掌钓鱼。"

"哦真是奇妙啊只要腕子一抖,

你就能钓出一条鱼,一条鱼,一条鱼,
假如我是一条鱼我根本无法抗拒
你,当你在用那种方式,那种方式钓鱼,
当你在用那种方式钓鱼。"

话音刚落那女士便滑下了河岸
跌进溪流而仍抓着一块木板,
可那头熊就坐在那儿直到她沉没;
当他继续用他的方式,他的方式钓鱼,
当他继续用他的方式钓鱼。

II
情诗

梦

1

我遇见了她如一朵花绽放在茎上
在她曾呼吸之前,而在那梦里
心灵忆自一场更深的酣眠:
眼从眼中获悉,阴冷的唇从情欲的唇。
我的梦分裂于一点火焰之上;
光在我们寄身的水上变硬;
一只鸟儿低唱;月光透筛而入;
水在荡漾,她也荡漾不停。

2

她在流涌的空气中向我走来,
一个变化之形,被它的火焰包围。
我看她在那里,在我和月亮之间;
灌木丛和石头舞动不止又不停;
我曾触摸她的影子,当光线迟延;
我转过了我的脸,她却依然停留。
一只鸟从一棵树的中心歌唱;

她爱风,只因为风爱我。

3

爱不是爱除非是易于受伤的爱。
她缓步而叹,在那长长的间歇里。
一只小鸟在我们伫立的圈子里飞;
麋鹿下来,走出斑驳的树林。
所有记忆者,都怀疑。何人称奇?
我投掷一块石头,而倾听它入水。
她懂得近乎不动的语法,她
借给我一种美德,我以此为生。

4

她在风中稳住自己的身体;
我们的影子相会,慢慢地回旋摇荡;
她将田野变成了一片闪烁的海;
我像一个男孩在火焰和水中游戏
我也摇摆着远去越过白色的海泡石;
像一根湿木头,我在一支火焰里歌唱。
在那最后的一刻,永恒的边界,
我抵达了爱,我进入了属于我的所有。

所有的泥土,所有的空气

1

我与站立的石头一起站立。
石头留在它们所在之处。
孪生般的冬季盘绕;
小鱼移动。
一道涟漪唤醒池塘。

2

这欢乐是我的秋天。我存在!——
一个人富有如一只猫,
一只猫在一支树杈中间,
当她摇落她的毛发。
我思及此事,大笑。

3

一派纯真与机智,
她保我的愿望温暖;
当,悠闲如一兽,
她沿街迈步时,
我开始离开自己。

4

真正美丽者,
他们的身体撒不了谎:
花朵刺蜜蜂。
地面需要深渊,
石头说,鱼儿说。

5

一片田野在睡中退却。
死者们何在?我面前
漂浮着孤星一枚。
一棵树随月亮滑行。
田野是我的!是我的!

6

在一个潜伏之处我潜伏,
有沉闷黑暗的一处。
地狱非一颗寒心又是何物?
然而谁,面对她的脸,
不会喜乐欢愉?

给风的词语

1

爱,爱,一支百合是我的钟情,
她比一棵树更甜。
爱着,我将空气用得
可爱之极:我呼吸;
癫狂于风中我消磨
我自己如我本应如此,
万物对偶而有奇,
我的兄弟藤蔓正欣然。

花和种子一样不一样?
那伟大的死者何言?
甜美的福柏①,她是我的主题:
她摇摆在我摇摆的每一刻。
"哦爱我吧趁我存在,
你这挡我路的翠绿之物!"
我曾哭泣,众鸟也曾下来
曾将我的歌据为己有。

运动可以让我始终静止:
她曾经吻得我无法思考

---

① Phoebe,希腊神话中的女巨人,日神阿波罗(Apollo)和月神阿耳忒弥斯(Artemis)的外祖母。

如一种可爱物质所愿；
她曾四下徘徊；我则不然：
我停留，而光已落下
横过她脉动的咽喉；
我凝望，而一块花园的石头
慢慢地化作了月亮。

浅浅的溪水流得迟缓；
风儿吱声慢慢经过；
出自一只雏鸟的喙中
传来一阵颤声的哭叫
我却无法回声应答；
一个身影来自眼眸深处——
我于一石中曾看见此女——
在我独行时步步相随。

2

太阳宣告大地；
石头在溪流中跳跃；
在一个宽阔平原，超越
一个梦的遥远延展，
一个原野破碎如大海；
风是白的打着她的名字，
而我迈步随风而行。

鸽子是我今天的祈愿。

她摇摆,一半置身阳光里:
玫瑰,悠然于一枝茎梗上,
一朵伴着叹息的藤蔓,
一朵本当愉悦相伴,
而欣然与明月相会。
她愿我在无论什么地方。

激情便足以将形体
赋予一份偶然之乐:
我哭泣欢愉:我知道那
根源,一场哭泣的核心。
心如天鹅,静如野草莓,
她在时间迟疑时移行:
爱有一件事要做。

一件美好事物更趋美好;
那绿色,涌流的绿色
造就一个更浓烈的白昼
在升腾的月亮下面;
我微笑,并非矿物之人;
我承载,但并不孤单,
这一份喜悦的重负。

3

在一道南风之下,
鸟类和鱼类迁移

向北,沿着唯一的溪流;
明锐的星星来回摇摆;
我先行一步超越
风,而我就在那里,
我落单又充满了爱。

智慧,它在何处现身?——
那些拥抱者,相信。
无论什么曾在,仍在,
一支绑在树上的歌说道。
下面,在羊齿草地上,
在河流的空气中,悠悠然,
我迈步与我的真爱同行。

我的心是何时?我在乎。
我珍惜一切我曾经
拥有过的现世之物:
我再也不年轻了
但风和水却依然如故;
离散之物终将陨落;
万物载我向爱而去。

4

一支长根的呼吸,
害羞的周沿
围绕展开的玫瑰,

那绿色,被改变的叶瓣,
牡蛎哭泣的脚,
和那颗初生的星星——
是她之为她的一部分。
她唤醒生命的每一端。

身为自己,我歌唱
灵魂当下的欢愉。
光,光,我的安憩何在?
一阵风盘绕一棵树。
一件事完成:一件事
身体和精神知道
当我行她所行之时:
生灵般的生灵,她!——

我亲吻她微动的嘴,
她黝黑欢笑的肌肤;
她将我的呼吸折为两半;
她嬉戏如一头野兽;
而我舞蹈一轮又一轮,
一个痴迷而愚蠢之人,
看见与折磨着自己
置身另一个存在,最终。

我认识一个女人

我认识一个女人，可爱到骨子里，
当小鸟叹息，她会向它们回叹；
啊，当她移行，她移行的方式不止一种：
一只明亮的容器可以容纳的种种形状！
她的优秀美德只有众神可以谈论，
或是精通了希腊语的英语诗人
（我愿领他们合唱，脸颊贴着脸颊）。

她的期盼多么顺畅！她曾抚摸我的下巴，
她教会我转身，反转身，还有站立；
她教会我触摸，那起伏又白皙的皮肤；
我曾温柔地轻咬依着她那提议的手；
她曾是镰刀；我，可怜的我，是耙子，
跟随着她前来只为了她美好的缘由
（可我们真真正正割了好大一堆干草）。

爱情喜好一头雄鹅，崇拜一头雌鹅：
她丰满的唇噘起，要抓住漂游的音符；
她将它奏得很快，她奏得轻而又柔；
我的双眼，它们眩迷于她流淌的膝头；
她的若干部位可以保留一份纯粹的娴静，
或一个髋臀颤抖随同一只移行的鼻子
（她在圆圈中移行，那些圆圈也便移行）。

让种子成为草,而草化为干草:
我是一个殉道者为不属于我的动机献身。
自由是为了什么?为了认识永恒。
我发誓她投下了一道白如石头的影子。
但又有谁会用日子来计数永恒?
这堆老骨头活着就为学习她的荒唐作风:
(我以一个身体如何摇摆来度量时间)。

噪音

一根羽毛就是一只鸟,
我断言;一树就是一林;
在她的低沉嗓音里我听见的
比一个凡人该听见的更多;
于是我站到了一旁,
躲藏在我自己的心脏里。

然而我出游的所在正是
这些音符的所往,像那鸟,
它纤薄的歌曲悬在空中,
渐趋消减,却仍被听见:
我与开阔的声音同住,
高高在上,又贴近地面。

那幽灵曾是我自己的选择,
惊逸的天蓝色飞鸟;
它曾用她真正的嗓音歌唱,
而那正是我曾听见
一个细微的嗓音回答;
我听见了;并且仅仅是我。

欲望令耳朵狂喜:
鸟,女孩和幽灵般的树,
大地,坚实的空气——

它们的慢歌歌唱于我之内；
悠长的正午搏动而去，
就像无论哪一个夏日。

她

我想死者是温柔的。我们该亲吻么?——
我的女士大笑,欢悦于存在之物。
只要她叹息,一只鸟儿就伸出舌头。
她用一支美好歌曲令太空寂寞。
她呢喃一种轻柔的语言,被我听见
直贯而入内耳长长的大海厅堂。

我们一起歌唱;我们嘴对着嘴歌唱。
花园是一条向南边流淌的河。
她放声呼喊灵魂自有的秘密喜悦;
她舞蹈,而大地载送她远离。
她懂得光的言辞,并且坦率表明
一件活的事物可以重获新生。

我在平凡日子里感觉到她的存在,
在那撑开每一只眼睛的缓慢黑暗里。
她移行如水移行,并向我走来,
伫足于过往之物,被将来之物牵引。

他者

她是什么,当我活着?——
谁用她的形影折磨我,
将一片下唇抬得
轻盈:于是萌芽落叶;
但若我移得太近,
谁在弹我的鼻子?

她是不是我化生而成?
这是不是我最后的脸?
我发觉她无所不在;
她出现,一次又一次——
我的鼻同情我的趾;
自然远不足以认知。

有谁能令一物惊奇
或独自抵达爱情?
一个懒惰自然的男人,
我垂下,我垂下,鳌舌。
她移动,而我崇拜:
运动再做不了更多。

一个孩子望穿一团火
用同样无心的谛视:
我认识她无心的作风!——

欲望躲藏着瞒过欲望。
正在老去,我有时哭泣,
却仍在我睡梦中失笑。

警句人

1

精神和天性在一枚胸骨里跳动——
我曾看见一个处女挣扎在污泥中——
蛇的心脏支撑那无爱的石头：
我的漫无方向找出了方向。

精致轮廓的骄傲先于一场陨落；
真淫徒都爱肉体，而那就是全部。

2

我们不曾放飞肉体。谁这样，在年轻时？
一团火跃到自身之上：我认得那火焰。
某些暴怒会拯救我们。我是否怒得太久？
精神对它必须消耗的肉体了如指掌。

梦是一瞬，唤起她的脸相的那一瞬。
她将我改变冰化成了火，火化成了冰。

3

细浪重复心灵那缓慢而感性的游戏。
我始终活着，既在时间之内又在之外，

凭借侧耳聆听精神最细小的呼声；
漫漫长夜里，我憩息在她的姓名之内——

仿佛一头狮子弯下膝来亲吻一朵玫瑰，
惊诧而入于热情洋溢的安详之中。

4

虽一切皆运动，可谁正经过？
残像永远不会一模一样。
曾有一个我前去赴死的灌木丛，
我曾跋涉于此，我的腿股和脸着火。

但我最少的运动变成了一首歌，
而所有的向度都战栗为一物。

5

一份狂喜将我们载送到生命以外：
我可以愉悦于我自身的大胆；
亲吻我妻子的时候我尝到我的妹妹；
我畅饮好酒在我运气好的时候。

一个醉汉饮酒，并在畅饮中打嗝；
如此激情将永恒驯服，我想。

6

痛苦是一个诺言么？我成长于痛苦中，

并发现了我能发现的欲望的一切；
我独处时我为我与之相像的一切哭泣
在那嗓音与火的幽深中心。

我了解最幽深的石头的运动。
各人皆是自己，各人却又是人人。

7

我厌倦了冥想我邻居的灵魂；
我的友人愈来愈像基督徒，年复一年。
细小的水流向一个沼泽般的洞口——
这不是一件我正带着副冷笑言说的事——

因为水移动直到它被净化为止，
而软弱的新郎在他的新娘之中变强。

纯粹的暴怒

1

知识的恍惚缺乏内向性——
什么书,哦博学的人,会将我校正?
有一回我什么也不读熬过可怖的一夜,
因为每一种意义都已变得毫无意义。
早晨,我用第二视觉看见世界,
仿佛万物皆已死去,而重又升起。
我触摸石头,它们便有了我自己的皮肤。

2

纯粹者敬慕纯粹者,而独自活着;
我爱的一个女人有一张空脸。
巴门尼德斯①将虚无放置到位;
她尝试思考,它便再次飞走。
一个黄金分割的变化多么缓慢:
大师勃姆②将一切扎根于是与否;
有时我的爱人以纯柏拉图尖叫。

3

对孤独的需求多么可怕:

---

① Parmenides,公元前 5 世纪古希腊哲学家。
② Jakob Böhme(1575-1624),德国哲学家,神学家。

那胃口渴望如此贪婪的生活
一人即一兽在自己的屋中徘徊,
一头獠牙野兽,在寻觅自己的血
直到他找到他几乎曾是的事物
当纯粹的暴怒在他头脑中初次激荡
而树木携一道更浓重的荫影靠得更近。

4

梦见一个女人的梦,和一个死亡的梦:
轻盈的空气将我存在的呼吸带走;
我向白色望去,它便化作灰色——
何时那生灵才会将我的呼吸交还给我?
我住在深渊的近旁。我希望留存
直到我的双眼望向一轮更亮的太阳
在漫长夜晚的浓荫延续之时。

更新

1

我们愿得什么荣耀?灵魂的移转?
人马怪①和西比尔②嬉戏与歌唱
在我想象所及之内:
这般的肯定是永久的。
我教我的叹息延伸进入歌曲,
却又,像一棵树,忍受事物的变幻。

2

夜风升起。我的父亲活着吗?
黑暗悬垂在灵魂的水上;
我的肉体正呼吸得慢过一堵墙。
爱改变一切。让我的直觉失血,爱。
这些水流困得我进入这般友善的睡眠
我行走仿佛我的面孔会亲吻风。

3

自我的突然更新——始于何处?
一个生的魂灵吸饮我脊椎里的液体;

---

① Centaur,希腊神话中上身为人下身为马的种族。
② Sibyl,古代地中海沿岸的女先知。

我知道我爱,却不知道我在何处;
我刨动黑暗,不断变更的午夜空气。
自我,已沦丧,再找得到吗?形式上?
我彻夜行走来为我的五份智慧保暖。

4

干骨头!干骨头!我找到我恋爱的心,
照明被抬举到如此一种高度
我看到碎石开始延展
仿佛现实已经开裂
而灵魂的整个运动一览无遗:
我找到那份爱,我便无所不在。

享乐主义者

"根本没地方转身,"她说,
　　"你把我压得那么紧;
我的头发都缠在你的头上,
　　我的后背只是一块瘀青;
我感觉我们正与死者同呼吸;
　　哦天使啊,把我放开!"

而她是对的,因为那里在
　　杜松子酒和香烟边上,
站着一个女人,纯洁如一个新娘,
　　骇怕她的机智,
拼命呼吸着,如那个男人骑行
　　在那些可爱的山雀之间。

"我的肩膀被你的牙齿咬了;
　　那股怪味是什么?
无论哪一个在下面,
　　每一个都是一头动物,"——
幽灵般的形体曾吮吸它的气息,
　　并曾对着墙壁打颤;
裹在死亡的破碎长袍里,
　　它踮着脚尖走过大厅。

"床本身开始震颤,
　　我恨这支享乐的笔;

我的颈,若非我的心,会断的
　　假如我们再做一遍这事,"——
随后各自瘫倒,瘪如一口麻袋,
　　进入了人类的世界。

爱的进程

1

种种可能我们都敢为!
哦少有的亲昵!——
我曾细察并发现了
一张我离不开的嘴。
伟大的诸神拱曲我的骨头。

2

藤蔓的长长脉络
绕一棵树巡行;
光跨越玫瑰;
一个女人在水中赤裸,
而我知道她在哪里。

3

的确,她可以想一只鸟
直到它在她眼中孵化。
爱我吧,我的暴力,
我精神的光,光
超乎爱的表象。

4

正是午夜在老鼠,
兔子和鹧鸪之上;
一段原木在其火焰中歌唱。
父亲,我远远离家,
而我什么地方都没去。

5

近处的黑暗将我抱紧,
所有的鸟都是石头。
我为自己的喜悦而恐惧;
我恐惧自己在野外,
因为我会在火中溺死。

乖戾者

1

当真爱将我的心切为两半,
我从架上拿起了威士忌,
并告诉我的邻居何时该笑。
我养一只狗,吠我自己。

2

幽灵向幽灵放声大叫——
可谁又害怕这个?
我最恐惧的是那些阴影
始于我自己的双脚。

悲吟

日复一日愈加阴郁,
我觉得我的邻居陌生;
地狱里一成不变。
何处是我的永恒
它来自向内的赐福?
我缺少平凡的温柔。

何处是那份知识
能领我走向我的上帝?
不在这尘土的路上
或是光明的午后
减损它的薄雾
属于十一月末的日子。

我曾与深处的根同住:
我忘没忘记它们的途径——
那徐徐而来的拥抱
抱住石头周围的地衣?
死是一场更深的睡眠,
而我以睡眠为愉悦。

天鹅

1

我悟出一种黑暗的相似性:
她的形影黯淡,却并不消失——
难道我非要纠缠在那活泼的发间?
是否无路逃离这一腔流淌的血?
一个枯干的灵魂最明智。哦,我不枯干!
我的爱人做我永远做不到的事:
她将我叹白,一个雪的苏格拉底。

有关将来的事情我们想得太久;
我活着,像一头公牛活生生而确定;
一个散漫之人,我信守我的散漫之言,
却又吹哨回应每只吹哨的鸟儿。
一个活人,从全部光明中我必将跌落。
我是我父亲的儿子,我是约翰·多恩①
每当我看见她一丝不挂的时候。

2

月亮从岸滨抽回它的流水。
在湖畔,我看见一只银色天鹅,
而她正是我的所愿。在这轻气中,

---

① John Donne(1572—1631),英国诗人。

迷失的双生相对者低俯——
歌唱那造就了万物的无物，
或是谛听静默，仿佛一个神祇。

记忆

1

在梦的缓慢世界里,
我们的呼吸同调。
外在死于内在,
而她知道我所是的一切。

2

她转身,仿佛要走,
半鸟,半兽。
风在山上死去。
爱是一切。爱是我所知的一切。

3

一头母鹿饮于溪边,
一头母鹿和它的幼仔。
当我跟随它们,
青草便化作顽石。

III

嗓音与生灵

"恶的微光"[1]

路易丝·博根[2]

天气哭了,所有的树低俯;
低俯它们的鸟儿:光波占据波浪;
每一种物质都随凝望而滑动;
每个幻象都纯粹,
纯粹属于它自己:
——没有光;根本没有光:

远离镜子所有的灌木丛都鸣响
用它们的硬雪;倚在寂寞的眼上;
寒冷之恶忽闪得比一根弦更紧;一团火
垂落;而我仅仅是我。
——没有光;根本没有光:

每个垫子都发现自己是一个针的田野,
用迷惘的怒火刺痛纯洁的祝愿;
希望的神圣手腕:燃烧的小男孩们
一瞬间将自己的生命吼出,而得自由。
——没有光;根本没有光。

---

[1] "The Shimmer of Evil",出自路易丝·博根诗"步波斯诗意"(After The Persian),1952年。
[2] Louise Bogan(1897—1970),美国诗人。

挽歌

1

若每一个生灵都如我曾经所是,
大概就有了本原之罪的理由;
我自己有一份内在的苦厄重负
上帝本身几乎都无法承受。

2

人人期愿自己的死:我确信于此;
你原本过于孤独不当有另一个命运。
我自己有一份内在的苦厄重负
基督,被牢牢束缚着,当可承受。

3

于是我;哪怕这些理由都飞散,
我知道我自己,我的季节,我知道。
我自己有一张崩碎的皮要呈现;
上帝可以相信:我在此为了恐惧。

4

你熬过了什么我理应相信:炎热,

创伤，风暴，洪水，人的命运的移转；
我有我自己，并承受它的苦厄重负
上帝啊上帝也倾侧祂的心去倾听。

野兽

我来到一扇大门之前,
它的门楣上垂挂着
毛刺,悬钩子,和荆棘;
当它摇摆时,我看见
一片草地,茂盛而翠绿。

那里有一头巨兽在玩耍,
嬉戏着,漫无目的,
一小块骨头是它的角,
肉身浑圆沾着羊齿草。
它望向我;它目不转睛。

摇摇晃晃,我接住它的目光;
一趔趄;又再次站起;
站起身却又踉跄着跌倒,
重重地,在砂石的框梁上,
我躺在那里;一蹶不振。

当我又一次站直了身,
那对巨大的圆眼早已不见。
茂密的长草静静铺展;
而我在那里哭泣,孤单。

歌

1

我遇到一个褴褛之人；
他的目光越过了我
在我想与他对视之时。
我究竟怎么着你了？
我大喊着，倒退了几步。
一个角落的尘埃扬起，
墙壁宽广地延伸开去。

2

我沿着一条道路奔跑，
在一个石头荒凉的国度，
一堆堆玉米凌乱杂陈；
停下来喘气时，我躺倒
身边尽是虎耳和蕨草
在一片蛮荒原野的边缘。
我凝望地上一道裂口
周围环绕着破碎的粘土：
一只螃蟹造的旧房子；
凝望着，然后唱起歌来。

3

我唱向无论什么曾经

在那积水洞穴里的东西：
我用低沉的调子恳求；
你尽可以说我发了疯。
而一阵风在我发间苏醒，
而汗水从我的面颊涌流，
当我听见，或以为我听见，
另一个人加入我的歌
用一个孩童细小的嗓音，
近在咫尺，却遥不可及。

嘴应和着嘴，我们歌唱，
我的双唇压在石头上。

驱魔

1

灰羊来了。我逃跑,
我的身体一半着了火。
(花朵之父,有谁
敢于面对自己的所是?)

仿佛纯粹的存在醒来,
灰尘起身并开口发言;
一个形体从云中喊叫,
对我的肉体放声疾呼。

(我当时却不在那里,
而在长长的走廊之上,
我自己的,秘密的嘴唇
在小便池里喋喋不休。)

2

在一片黑暗树林里我看见——
我看见了我的若干自我
从树叶之间奔跑而来,
淫荡,渺小,无心的生命
在石头下面疾步而行,

或猛然停下，却不愿离去。
我绕着自己的脊柱转身，
我转身又再一次转身，
一个冰冷的神般暴怒之人
挣扎翻滚着直到他的
秘密生活最后的所有形体
与死亡的废渣并置一处。

我是我自己，独自一人。

我逃离了那个低微的所在
呼吸着一种更慢的呼吸
寒冷，裹着我的死亡之盐。

小

小鸟儿们回旋转圈；
高处的知了喳鸣；
一只唧鸦啄着地面；
我眼望最初的星星：
我心坚守它的欢乐，
这完整的九月之日。

月亮渐行渐圆满；
月亮向下缓缓而行；
树林变成一堵墙。
遥远之物拉得更近。
一阵风穿过草丛，
随后又一切如初。

何物在蕨草中窸窣？
我感觉我的肉体开裂。
睡梦中失去之物回返
仿佛出自我的身侧，
无声无息地站起身来
在湿漉漉的地面之上。

小小形体打盹：我生而
仰慕那些可怕的小物；
草丛里动的我全都爱——

死者不会静静躺着,
而事物将光明投向事物,
而所有的石头都有翅膀。

夏末散步

1

一只鸥鸟驾乘着一个梦的涟漪,
白映着白,慢慢落在一块石头上;
穿过我的草坪软背的生命前来;
微弱的光下它们漫游,各各独行。
带给我温驯者,我会懂它们的习俗;
我是一个午夜之眼的鉴赏家。
小物!小物!我听见它们歌声清亮
在长堤上,在柔和的夏日空气中。

2

有什么要让灵魂去理解的?
阴暗纯粹愚笨者怠惰的脸相?
风渐渐消逝;我的意志随风而逝,
上帝在此石中,除非我不是一个人!
肉身和灵魂超越所有的外表
在一切存在之物归于崩塌之前;
我正零碎地死去,在腐烂中激荡;
我的时刻拖延——那就是永恒。

3

一朵迟开的玫瑰蹂躏漠然的眼睛,

一团存在的烈火燃点正中一支茎梗。
它置身我们之上要销除那个谎言
即一切仅仅活在时间的王国里。
存在向某一个终点移行而去——
尘世上的所有情人都领悟的一件事。
那只鸽子来到近旁的苦心方式
让我想起我正随这一年死去。

4

一棵树在一片中央平原上升起——
绝非变化的把戏或光的偶然。
一棵因风和雨而走形的树,
一棵被风吹瘦的树遮蔽我的视线。
长日消逝;我在树林里独自散步;
山脊那边有两只林鸫鸣唱如一。
身为存在中,与时间中的愉悦。
夜色将我缠裹,沉稳如一支火焰。

蛇

我曾经见过一条幼蛇滑
出杂色斑驳的阴影
垂挂,搭在一块石头上:
一只细细的嘴,和一支舌
停伫,在静止的空气里。

它转身;它抽离;
它的影子折弯成两半;
它加速,然后消失。

我感到我缓慢的血在变热。
我渴望成为那东西,
那纯粹的,感性的形体。

或许我会的,某个时候。

蛞蝓

我小时多爱像你那样的一只！——
跟他白银的条纹和他背上的小房子，
围着水井边作一场缓慢的旅行。
我渴望成为他那样子，而且还是，
以我的方式，泥土无间的
表亲，我的膝盖不停刮擦着
砾石地，我的鼻子比他的更湿。

当我打滑，就一点点，在黑暗里，
我知道那不是一片湿树叶，
而是你，来自旧生命的断趾，
冷冷的黏液长成了活物，
一条肥肥的，五英寸长的附肢
慢吞吞地爬过潮湿的草地，
把我花园的心脏吃了个干净。

而你还拒绝体面地死去！——
飞腾而上穿过我剪草机的锋刃
像烟熏鳗鱼段或是生牡蛎，
而我暴怒中想要加速结果它，
直到我把你又擦又刮，在门垫上，
沾在一个足弓下面的小死块；
或，中了毒，在小路上拖着道白沫——
美丽，以它的方式，有如水银——

你缩小为某样等而下之的东西,
一只被雨浸湿的苍蝇或蜘蛛。

我确定我曾是一只蟾蜍,这一回或那一回。
与蝙蝠,鼬鼠,蠕虫——我喜为亲属。
甚至毛毛虫我也能爱上,还有各种害虫。
但是说到你,极至的丑物——
布莱克① 又会不会将你呼为神圣?

---

① William Blake(1757—1827),英国诗人,画家。

金翅雀

堤燕转向并降落,
俯冲到我窗前,
随后几乎直飞而上,
像白天的蝙蝠,
而它们的影子,更大,
在茂密的草上奔行;
而雀鸟掷穿空气,啁啾不停;
而疯狂的小金翅雀掠过,
以小跳和难以捉摸的腾跃往上飞;
或者它们侧身坐在柔韧的蒲公英茎上,
将它们压弯到地面;
或栖息和啄食在更大的花冠上,
蹿蹦着,一枝到另一枝,
最后被弃的茎梗总是颤抖着
归于笔直;
或者它们将自己掷向树干,
像幼小的松鼠一样来回乱跑,
蜜蜂般暴怒的鸟儿。

现在它们全都一齐移动!——
这些轻盈欢蹦乱跳者,
轻如大蓟上吹落的种子!
而我似乎前倾着,
正当我的双眼跟随
它们阳光照耀下的腾跃。

IV

将死之人

纪念：W. B. 叶芝

将死之人

1. 他的词语

我听见过一个将死之人
对他聚拢的亲属说，
"我的灵魂被挂出去晾干，
像一张刚用盐腌过的皮；
我不相信我会再用它。

"完结之事还未来临；
肉就将骨遗弃，
但一个吻令玫瑰敞开。
我知道，因为将死者知道，
永恒就是现在。

"一个人看见，在他死时，
死亡的种种可能；
我的心随世界摇摆。
我就是那终极之物，
一个学着歌唱的人。"

2. 现在呢？

陷在垂死的光里，
我以为自己重生了。
我的手变成蹄。
我身负铅般的重量
我原先不曾有过。

因其死者而伟大之地，
泥淖，透湿的木头
提醒我要活下去。
我是这个笨拙的人
刹那在身上老去。

我烧掉了肉体，
在爱中，在鲜活的五月。
我转身凝望
并不是她的另一形体
此刻，当窗棂模糊。

在我遗愿的至恶之夜，
我敢于询问所有人，
并会再一次做同样的事。
是什么在大门口跳动？
到来之人可以等。

3. 墙

一个幽灵出自无意识的心灵

摸索我的窗台:它呻吟着想要重生!
我背后的身形不是我的朋友;
我肩上的手变成角。
当我做我的工作时我发现了我的父亲,
只为让自己迷失在这小小的黑暗里。

尽管它拒绝可见之物的干枯边界,
什么感性的眼能让一个图像保持纯净,
斜倚着越过一个窗台去问候黎明?
一段缓慢的生长是一件难以忍受的事。
当出自晦暗阴影的身形暴怒狂言,
所有感性之爱不过是一座坟墓上的舞蹈。

墙已然进入:我必须爱墙,
一个疯子谛视着永恒的夜晚,
一个精灵怒叱着可见之物。
我独自呼吸直到我的黑暗明亮。
黎明是白色所在之处。谁会认得黎明
当太阳背后有一片眩目的黑暗?

4. 狂喜

有一回我曾喜见一棵孤树;
洒脱的空气送我奔跑如一个孩童——
我爱世界;我要的不只是世界,
或内眼的残像。

肉体向肉体叫喊；而骨头向骨头高呼；
我死入这生命，孤独却并非孤独。

那是一个神吗他的苦痛被更新？——
我曾看见我父亲萎缩在他的皮肤里；
他掉转了他的脸：有另外一个人，
行走在边缘，健谈，毫无惧意。
他颤抖如一只鸟在无鸟的空气里，
却敢于将他的视线凝注于任何地方。

鱼以鱼为食，根据它们的需要：
我的敌人令我更新，而我的血液
在我漫不经心的孤寂里搏动得更慢。
我袒露一个伤口，激我自己流血。
我想一只鸟，它便开始飞翔。
经由每天死去，我已抵达了存在。

一切狂喜都是一件危险的事。
我看见你，爱，我看见你在一个梦中；
我听见一阵蜜蜂的聒噪，一个棚架嗡鸣，
而那缓慢的嗡鸣升起成为歌曲。
一道呼吸不过是一道呼吸：我有大地；
我要用我的死亡销除一切死亡。

5. 它们歌唱，它们歌唱

所有被爱的女人在一道逝去的光中起舞——

月亮是我的母亲：我多爱月亮！
走出她的所在她到来，一枚海豚月，
随后又落回暗影与长夜。
一头野兽大吼仿佛它的肉被撕开，
而那吼声把我带回到我出生的所在。

谁曾想过爱仅仅是心中的一动？
难道我仅仅是无物，倾身朝向一物？
我会用叹息惊吓我自己，或者我会歌唱；
降落吧，哦最温柔的光，降落，降落。
哦远在前方的甜蜜原野，我听见你的鸟儿，
它们歌唱，它们歌唱，却仍是小三度音。

我有云雀的词语给它，那独唱者：
所见之物退却；永远乃是我们的所知！——
永恒被界定，与草茎一同播撒，
石头下面的蛞蝓的暴怒。
那幻象移动，却始终是同一个。
在天堂的赞美中，我惧怕我所是之物。

极峰的边缘依旧慑魂夺魄
当我们念念不忘死去或心爱的人；
想象也无法将它尽数完成
在这最后的光之所在：敢于活着的
是不再身为一只鸟，却拍打着他的翅膀
对抗事物那无垠无量的空虚的人。

V

一个老妇的冥想

第一个冥想

1

在爱情最糟糕丑陋的一天,
杂草在田边咝鸣,
小风发出它们的阴冷控诉。
别处,屋宅里,连提桶也可以悲伤;
当石头在朦胧的山坡上松动,
而一棵树从它的根部翘起,
将一座堤坝掀翻拖垮。

精神移动,但并不总是向上,
当走兽们向北觅食,
而页岩在斜坡上滑动一英寸,
萧瑟的风啃咬虚弱的高原,
而太阳将喜悦带给某些人。
但外皮,时常,仇恨内部的生命。

我怎能在我缓慢的日子里休息?
我已变成了一团陌生的肉,
紧张又寒冷,鬼祟如鸟,长着胡须,

一副面颊软得像一只猎犬的耳朵。
剩下的东西轻如一粒种子;
我需要一个干瘪老太婆的领悟。

2

时不时地我想起自己在乘车——
一个人,坐着辆巴士穿过西部的乡野。
我坐在后轮上,颠簸最厉害的位置,
我们一路边蹦边摇驶向午夜,
灯光翘起,朝天,我们走一小段上坡,
再往下,我们辗转如一条越过波峰的船。

所有的旅程,我想,全都一样:
运动是朝前的,在几番摇摆之后,
而片刻间我们全都是孤独一人,
忙着,显然在对付我们自己,
醉酒的士兵,带着薄荷的老太太;
我们行驶,我们行驶,将那些弧度拉得
似乎更近了,几辆卡车
从最后几道山脉背后开下来,
它们的黑色形体疾掠而过;
而空气在我们之间爆响,
激射着结霜的车窗,
而我仿佛是在逆行,
在时间中逆行:

两只歌雀，一只在温室内，
栖息在一个风口上面它的喉咙来回穿梭，
而另一只，在外面，在明亮的白昼里，
伴着一阵西风和全都在动的树木。
一只唱起来，随后是另一只，
翻滚到玻璃之下的歌曲，
和它们下面泥土中推车到水门汀长凳边的人，
吱嘎着摇摇晃晃的满载手推车，
和一只脚离开过道时木板的上翘。

一场旅程中的旅程：
忘了放哪儿或丢失的车票，无法
进入的大门，总在往外拖的船
要离开摇摇欲坠的木船坞，
挥手的孩子们；
或猛扎进雪地里的两匹马，它们的缰线纠缠，
一个大木制雪橇在它们的身后倾覆，
正转弯要冲上一座陡峭的堤岸。
一时间它们兀立在我之上，
它们黑色的皮肤颤抖着：
随后它们倾身向前，
跃下一道山坡。

3

像淤泥漂流并透过混浊的池塘之水洒落，
在杂草和沉没的树枝周围凝结为小珠，
而一只蟹，试探地，弓身然后沿底部移行，

怪异，笨拙，他延伸的眼并未特意看什么，
只有几个气泡从毫不匹配的触角逸出，
尾巴和较小的蟹腿打滑并慢慢朝后溜去——
精神就是这样尝试着寻找另一种生活，
另一种方式与地点以求在其中继续；
或一条鲑鱼，精疲力竭，顺一条浅溪而上，
拱进一股向后的涡流，一个沙子的水湾，
接连撞到枝条和水底的石块，随后一摆尾
折返，回到细细的主流，褐白色的奔涌，
依然往前游着——
就是这样，我猜想，精神之旅亦然。

4

我已进入那些荒芜寂寞之所
在眼后；烟雾城市边缘失去的田野。
彼岸之物永远不会崩塌如堤坝，
像一朵玫瑰绽开，或将翼翅伸到加勒比之上。
并无追迫的形体，墙上的面孔：
只有尘土的微粒在洁净无瑕的走廊上，
落发的黑暗，棉絮与蜘蛛的警告，
藤蔓泛灰化为一堆细粉。
并无撕裂的树，或被一只老鹰摔落的羔羊。

仍有些时候，早晨与傍晚：
蓝蝶，高处在榆树之上，
纤细而坚持如一只蝉，

而远处的长尾霸鹟,歌唱着,
忧伤的长音符飘落,
飘过树叶,橡树和枫树,
或者那三声夜鹰,沿着烟霭的山脊,
一只孤鸟在呼鸣又呼鸣;
一团迷雾将我提醒,飘过潮湿的砂砾;
一阵冷风由乱石之上吹来;
一团火焰,炽烈,可见,
在干豆荚上摇曳,
断断续续沿着残梗飞动,
移行越过田野,
而不燃烧。
  在这样的时候,并无一个神祇,
  我依然快乐。

我在这里

1

够了吗？——
太阳在十二月的窗上舒缓霜冻，
一大清早的湿润闪光？
嗓音，年轻的嗓音，与雪橇铃声相混，
在傍晚偶遇降雪？

外面，同样的麻雀在屋檐里口角。
我厌倦了细微的声响：
四月的啁啾，莺雀的执著，
年轻人的闲扯不再讨喜。
在孩童的顽皮后面
潜伏着那头恶兽。

——针和角落怎样困扰着我！
我敢不敢皱缩成一个丑老太婆，
一个角落能够拥有的最糟糕的惊奇，
一个跟她的马睡觉的女巫？
有些命运还要糟糕。

2

我是溪谷的女王——

就一小会儿，
独自度过我心灵的一整夏，
我精神的守护者，
奔跑穿越高草，
我的大腿拂过花冠；
侧着身，气喘吁吁，
将我的背倚着一棵幼树，
让它与我的身体一起颤抖；

在溪流边缘，拖着一根模糊的手指；
肉体笨拙，半死不活，
恐惧高处，爱上马匹；
爱上织物，丝绸，
把鼻子放在毯子的羊毛里揉；
茫茫然；乐于存在；
介意哭泣，
有意味的耳语，
鹧鹪，猫鹊。

  青春期那么多时间是一场难以确定的死，
  一次无可忍受的等待，
  一份对另一个地点与时间的渴望，
  另一种状况。

我留下来：一棵随风的柳树。
蝙蝠在中午吱吱叫。
燕子飞进飞出无烟的烟囱。

我对着火焰的锋刃歌唱,
我的皮肤在轻柔的天气里更白,
我的声音更轻柔。

3

我记得曾沿一条小路走去,
沿着木阶走向一座杂草的花园;
我的衣服钩到了蔷薇的棘刺。
当我弯下腰意欲脱身时,
半开花蕾的芬芳向我袭来。
我以为我快要窒息了。

  在睡眠缓慢的呈现之中,
  在眼睛的窗台上,某物在扑动,
  一样我们在傍晚,在门边感觉到的东西,
  或是我们站在一片灌木丛的边缘之时,
  而地面的寒气更加靠近我们,
  从干燥的树叶下面,
  一种沙滩的湿润。

  身体,以门槛为乐,
  晃进晃出它自身。
  一只鸟,小如一片树叶,
  鸣唱于第一缕
  阳光之中。

而那时我病得那么重——
每当我着凉整个地方都发颤——
我闭上眼睛,便看见微小的形体在跳舞,
一场树鼩和耗子的聚会,
围着火堆嬉闹着,
蹦上蹦下支着它们的后腿,
它们的前爪相挽,像手一样——
它们似乎非常快乐。

  在我祖母内心的眼中,
  我小时候她对我这样讲,
  一只鸟总在唱歌。
  她是个严肃的女人。

4

我的天竺葵快死了,不管我怎么尽力,
仍倾身朝向太阳最后曾在的位置。
我试过不知道多少次想移栽它。
可是这些玫瑰:我转眼他顾便能让它们憔悴。
眼睛为看见的动作与崭新的残像而欣喜;
并无一个蠢人,或一个闷骚的少年那样的瞪视;
并无躁动。
且看花园尽头的遥远树木。
那棵铁杉的扁枝抓住最后的斜阳,
摇晃着它,像阳光击中的池塘,
在一阵轻风里。

我更喜欢平静的快乐：
　　黄蜂在我的杯沿饮水；
　　一条蛇抬起头；
　　一只蜗牛的音乐。

5

天气于我为何物？连鲤鱼都在这条河里死去。
我需要一个有小鳗鱼的池塘。和一座起风的果园。
我不是这个或那个的蠓虫。泥土闪烁如盐。
鸟在周围。我有我所愿的全部歌唱。
我离一道溪流不远。
这不是我第一回死去。
我可以抓住这山谷，
在我的膝头解脱吧，
在我的怀中。

　　假如风有意于我，
　　我在这里！
　　这里。

她的化境

1

我已学会了静静地安坐,
看风翻动小鸟的背脊,
与沙中的跳蚤一起吱鸣,
我的身形是一派轻盈——对!——
一只疯母鸡在黑暗的远端一角,
依然愉悦于无遮无掩,
在阳光下,忙活着一个幼体,
在雨中,在一片夏野之上犯懒;
在我的思绪背后,随着流水奔行,
我的前胸狂野如波浪。

> 我眼见一个形体,被爱点亮,
> 轻如一片花瓣落在石上。
> 从我皮肤的褶皱中,我歌唱,
> 空气静穆,大地活跃,
> 尘世本身就是一曲。

我的守候多么甜蜜。我是一只鸟吗?
轻柔,轻柔,雪不在飘落。何为一粒种子?
一张脸浮现在羊齿草间。伤残的神能走路吗?
一个嗓音总在我早睡时响起,
一个沉闷的嗓音,一阵甜美如水的低声。

我敢不敢拥抱一个由我自己胸口冒出的幽灵?
一个精魂在我面前嬉戏像一名孩童,
一个嬉戏的孩童,一只被风激荡的鸟儿。

  一个来自灵魂之宅邸的幽灵?
  我在我始终都在的所在。
  百合冥想。有谁知道
  走出一朵玫瑰的路?

2

我们希冀的是大海吗?无所改变者的长睡?
在我左耳中我听见一场轻微崩溃的巨响。
昨晚我梦见一个更喜气洋洋的秩序原则;
今天我吃我惯常的阴影食物。

我敢不敢,又一次,以宏大赞美的单调说话,
以自然之心那蛮荒无序的语言?
我还能从睡眠中窃取什么?

我们从黑暗开始。痛苦教会我们很少。
我无法从一个燃烧沥青的火山口中大笑,
或是去过一只昆虫的危险生活。
在客体中有一种智慧吗?很少有客体赞美主。
织物掩藏不了我们,我们凄惨的荒凉窝棚亦然,
我知道对立者们冷酷无血肉的吻,
种种表面无神经的收缩——
机器,机器,无爱,短暂;

惨遭毁伤的灵魂在职责的寒冷太平间里。

3

有些时候现实来到更近处:
在一片田野中,在实有的空气里,
我小心翼翼地迈步,像一匹新上了蹄铁的马,
一个生疏缭乱的女孩
拣我的路走过潮湿的石头。
随后我奔跑起来——
跑在自己之前,
穿过一片田野,跑进一座小树林。

然后我在那里一直呆到白昼燃尽。

我的呼吸愈来愈少。我倾听如一头野兽。
我听到的是石头吗?我谛视着凝固的星星。

月亮,一枚纯粹的伊斯兰之形,俯瞰。
轻气变慢:并不是黑夜或白昼。
一切自然之形都变成了象征性的。
天堂的眼眸里唯一的活物,
我脱下衣服让我的守护神慢下来。
然后我再次奔跑。

  我要去哪里?哪里?
  我是在逃离何物?

对着这些我拼命呼喊——
被爱的狐狸,和鹧鸪。

言辞在小鸟间经过;
静默变成了一物;
回声自遭毁销;
风景缩成一枚别针。

我的意志死了吗?我呢?
我向叹息道别,
一次向蟾蜍,
一次向青蛙,
还有一次向我流涌的大腿。

谁能相信月亮?
我见过了!我见过了!——
那条线!神圣的线!
一个小地方尽在燃烧。

出来,出来,你等秘密的野兽,
你等飞鸟,你等西方的鸟。
有人随火而行。有人确是如此。
我的呼吸比你们的更多。

什么情人长留他的歌?
我叹息在我歌唱之前。
我爱因为我是

一件有名字的痴迷之物。

4

问问所有在稻草中雀跃的老鼠吧——
我在自己的友伴中间很是良善。
一个形体并无一道阴影，或几乎没有，
我以纯粹的振动哼唱，像一把锯子。
独属于一个癫狂之人的堂皇！——
凭鸟的飞扑，凭鱼的腾跃，我活着。
我的影子落定在一道移动的溪流之中；
我活在空气里；那道长光是我的家；
我敢轻抚石头，田野是我的朋友；
一道轻风升起：我化作风。

第四个冥想

1

我始终都是一个人为了独处,
以我自己的途径,求索永恒的目的;
在田野的边缘等待纯粹的一刻;
静默着,立于沙滩之上或沿绿色的堤岸行走;
了解小块水域的蜿蜒之道:
当一片石屑或贝壳,随一道慢流懒洋洋地漂浮着,
一滴夜雨仍在我体内,
一点点水凹陷在折皱的罅隙里,
一汪随河漂流与闪亮的池塘,
在涟漪中微微起伏,
侧映着阳光。

我铺开我天真的细骨是昨天吗?
哦我们藏起的歌,只在我们自身之内唱响!
曾有一度我能触到我的影子,并且快乐;
在那些白色王国里,我轻如一粒种子,
随繁花飘零,
一片沉思的花瓣。

但一个时候到来,嘴的模糊生命不再足够;
死者从他们的静默中提出更多不可能的要求;
灵魂伫立,孤守它的选择,

等待着,它自身是一件缓慢之物,
在变化的身体之中。

河流移动,因蠓虫而起皱,
一阵轻风在松针里翻搅。
一只云雀之形从一块石头上升起;
却并无歌曲。

2

做一个女人何谓?
要被容纳,成为一件容器?
要偏爱一扇窗胜过一扇门?
一座池塘胜于一条河?
要迷失在一场恋爱里,
却依然对那并不短暂的荣耀半知半觉?
要做一张嘴,一餐肉?
要注视一张有凝固的猎犬眼睛的面孔?

我想到专注于自我者:
镜子的崇礼之辈,孤独的酒客,
苯丙胺①和三聚乙醛②的奴才,
和那些故意将自己埋进琐事的人,
成为他们的占有物的女人,
硬化为金属的形体,

---

① Benzedrine,一种清醒剂。
② Paraldehyde,一种镇静止痛剂。

媒人，野餐的安排者——
他们的生命有何意义，
还有他们孩子的生命？——
幼者，早早撞到额头而陷入一场致命的沉默，
被一个父亲的嘴唇，一个母亲的无以作答封冻。
他们究竟见过没有，穷人锋利的骨头？
或是领略过一回，灵魂的真实饥饿，
那些猫一般完美无瑕的生物
世界为之运行的人？

他们需要什么？
哦不止是一个咆哮的男孩，
因为直觉的油亮统帅够不到他们；
他们感受的既非撕裂的黑铁
亦非另一声脚步——
我多么希望他们醒着！
愿高高的干草花爬进他们心里；
愿他们倾身入光明而活；
愿他们身穿绿袍而眠，在古老的羊齿草之间；
愿他们的眼睛随初现的黎明闪亮；
愿太阳将他们镀成一条金虫；
愿他们被真正的燃烧占有；
愿他们耀然进入存在！——
我视其为行走在一座绿色花园里的形体，
他们的步调规整而繁复，他们的头发是一派荣光，
温柔而美丽的犹待降生者；
顽皮树鼩的后代，躲过了古代的杀戮者，

獠牙和利爪,棍棒和皮鞭,无理的法令,
仇恨驱使的狂信者的暴怒,人鼬的卑劣;
他们转过了一个时间里的拐角,当他最终长出一枚大拇指;
一个渺小起源的王子,历经改变的缓慢延展,
他最初用下意识深处的粗糙省略语说话,
将他的恐惧和沮丧打造为一门庄重哲学性的语言;
一头火焰之狮,被逼到爱的极点,
却在小鸟间轻柔移行。

3

幼崽,小鱼不停投入水流。
忧愁是何结果?这座湖吐息如一朵玫瑰。
取悦我,改变吧。我本坠落自何物?
我啜饮我的眼泪在一个所有光明到来的所在。
我与死者相爱!我整个前额都是一声喧响!
在一个黑暗日子里我径直走向雨水。
还有谁从一块石头上冒出光来?
凭借歌唱我们守卫;
果壳活下去,炽烈如一粒种子。
我的背脊随黎明而吱响。

是我的身体在说话吗?我呼吸我的所是:
万物的最初与最终。
靠近伟大死者的坟墓,
连石头都说话。

我何言以对我的骨头?

1

初学者,
永恒的初学者,
灵魂不知道该相信什么,
在它的小小褶皱中,慵懒地耸动着,
在它生命最次要的所在,
一道超越虚无的脉搏,
一份可怖的无知。

  在月亮后退之前,
  我敢不敢像一棵树般炽燃?

在一个总是黄昏的世界里,
在一阵缓慢轻风循环的气味里,
我倾听杂草晚祷般的呻吟,
渴望永不到来的绝对。
而诸般形体皆令我恐惧:
自然客体在意念中的舞蹈,
即时的光泽,秸秆的现实,
爬下一堵阳光墙的阴影。

  一只鸟在幽独中歌唱
  一支尖细刺耳的歌。白昼死在一个孩子体内。

我们与悲伤的动物多么靠近!
　　　我需要一座池塘;我需要一个水潭的平静。

哦我的骨头,
当心那些永恒的开始,
让灵魂的物质稀薄;
天鹅对渐暗的海岸的畏惧,
或这些在我皮肤边上搏动的昆虫,
来自一棵螺旋之树的歌曲。

　　　风的暴怒,并且绝非表面的风,
　　　一道突然将树叶往上劲吹的狂飚,
　　　一支在枯干暴怒中抽打的藤蔓,
　　　一个人追着一只猫,
　　　带着一把破伞,
　　　柔声呼叫着。

2

很难说一切都好,
当最坏的即将到来;
追求自己是致命的,
无论姿势多优美。

　　　被爱的心,我能说什么?
　　　当我曾为云雀时,我歌唱;
　　　当我曾为蠕虫时,我吞食。

自我说，我是；
　　心说，我是更少；
　　精神说，你是虚无。

雾改变岩石。我何言以对我的骨头？
我的欲望是一阵风被困在一个洞穴里。
精神向这些岩石告白。
我是一块小石头，散落在页岩中。
爱是我的伤口。

宽阔的溪流自走自己的路，
池塘落回到一场玻璃般的寂静里。
上帝的目标在我之内——它消失了吗？
这些骨头活着吗？我可以忍受这些骨头吗？
母亲，我们全体的母亲，告诉我我在何处！
哦从理性获救而入于纯粹歌曲的境界，
我的脸着火，接近一颗星星的尖端，
一个博学的伶俐女孩，
并未阴沉地入迷，
而是甜美地愚钝。

　　试图成为上帝那样
　　离成为上帝很远。
　　哦，但我求索与关切！

　　我在自己的黑暗中摇摆，
　　心想着，上帝有需求于我。

死者热爱未出生者。

3

杂草转身朝向风草骷髅。
万物改变得多么缓慢。
存在敢令一个灵魂永存,
一支天堂之光的楔子,秋歌。
我听见一阵鸟的扑打,震响的翅膀
隐入一枚清减的月亮之中;
石头间最赤裸的光之言辞。

  我已到达了什么更宏大的准许?
  当我走过一个大缸,水便轻摇,
  我再也不在炭渣中间哭求绿色,
  或梦见死者,和他们的洞穴。
  慈悲有许多手臂。

相比一个长角的恶魔,我更喜欢一条有鳞片的蛇;
在诱惑中,我很少寻求忠告;
一个气味的囚徒,我宁愿吃而不愿祈祷。
我从对立者的沉闷舞蹈中获释。
风随我愿而摇;雨给我遮蔽;
我活在光的极端里;我向所有方向伸展;
有时我想我是个别的。

  太阳!太阳!和我们能够成为的一切!

奔向月亮的时机成熟!
在漫长的田野里,我离开了父亲的眼睛;
并从我最深的骨头里摇落秘密;
我的精神随风起而起;
我密密生满树叶又温柔得像一只鸽子,
我拿取短暂一生所允许的自由——
我寻找我自己的恬静;
我用长长的瞭望恢复我的温柔。
到午夜我热爱活着的一切。
谁从空气中拿走了黑暗?
我被另一场生命打湿。
是的,我曾经离开而留驻。

那朦胧抵达我的事物现已明了,
仿佛是被一个精灵,
或外在于我的代理释放。
未得祈祷,
而终极。

选自《我在!羔羊说道》(1961 年)

荒唐诗篇

猫咪鸟

猫咪鸟,他坐在一道栅栏上。
鹩鹩说,你的歌不值 10 美分。
你是个赝品,你是个骗子,你是个讨–厌的假把式!
　　——鹩鹩对猫咪鸟说。

你的调儿太多,却没一个好的:
我希望你做出一只鸟儿真正该做的样子,
不然就自个儿呆在树林深处,
　　——鹩鹩对猫咪鸟说。

你像只猫一样喵喵,你像只乌鸦一样喳喳:
你像只干草里迷路的老鼠一样吱吱,
我一天都不想变成你,
　　——鹩鹩对猫咪鸟说。

猫咪鸟,他沮丧又哭泣。
这时一只真猫过来嘴巴张得那么大,
于是猫咪鸟干脆就蹦了进去;
　"我终于是我自己了!"——然后他就死掉了
　　——真的完了那猫咪——猫咪鸟。

你最好不要笑;也不要说"呸!"

除非你想通了这个伤心的故事:
要确定无论你是什么都得是你
　　——不然你的下场就会像猫咪鸟一样。

鲸鱼

有一条大得吓人的鲸鱼:
他没有皮肤,他没有尾部。
他想要喷水时,那傻大个子,
他能做的不过是甩甩他的鲸脂。

牦牛

　　有一头可恶之极的牦牛
　　只让蟾蜍跑到他脊背上头：
　　你要是求他载送你一程，
　　他会表现得十分阴损，
　　马上溜之大吉，哞哞牦牛。

驴子

我有过一头驴子,样样都好,
可是他总想放我的风筝;
我一让他放,线就会断掉。
你的驴子表现更好,我确定。

天花板

假设天花板跑到了屋外
着了凉之后呜呼哀哉?
我们只需要一样东西证明
他离开了,那就是屋顶;
我想那定能带来极大启示
领悟天花板的所感所思。

椅子

关于一把椅子有一件好笑的事:
你几乎从没想过它在那里。
要知道一把椅子是真不是假,
你有时一定要过去坐一下。

桃金娘

从前有个女孩名叫桃金娘,
却是一只乌龟,真乃怪事一桩:
她像一只野兔般狂奔乱跑,
她可以呼吼如一头熊在咆哮,——
哦没有谁搞得明白桃金娘!

她会坐在那,一本书摊在膝上,——
我的诗集,若你认为不妨,——
她会失声痛骂,她会放声叫嚣:
"这玩意儿实在是无聊!
其实我可以做得更好
用一个字母就能办到,——
这些诗人,写字跟我打喷嚏一样!"

桃金娘的表妹

然后还有桃金娘的表妹,
做事永远是成片又成堆;
她会张嘴一下吃完
满满一大杯的煮鸡蛋,——
那个表妹哦!那副吃相!在午餐时候!

她会泡一泡就一口吞下:
拿她实在是毫无办法;
然后连一把汤匙都没有,
她会乱忙一气鼓捣整个午后
她朋友吃不下的东西,在那些午餐时候!

烂糊糊女孩

可怜的桃金娘会叹息,"我的好表妹,
能做出那些事,除了你还有谁:
拿起你的鞋把鸡蛋放进去
然后弄出一堆烂糊糊,
那东西,拌着口水打着响鼻,
多少夸脱你都一饮到底;
于是那肉汁和脂肪
就全沾在了你的帽子上,——
你究竟是怎样做到那个地步?
当你啧着嘴开吃时,噗!
猫咪逃往栖身处
一头钻到椅子底下;
而你的朋友,——眼睛都瞪得那么大!
只要提到汤这个字,
他们就三三两两抱在一起,——
很快他们就会离开,成群结队!"

牛羚

关于牛羚这一点需要牢记:
他颇近似于——但我不能告诉你!

单调歌曲

一头驴的尾巴有意思
你绝不可以将它扯两次,
现在这是一则好建议
　　——哎哟,见见休和哈利!

有一天休跑到一头熊跟前说
老伙计,你的毛一个劲在脱落,
而且脱得比这儿那儿都多,
　　——哎哟,我们是休和哈利!

熊说,先生,你无事生非,
我真不明白你当你是谁
竟对我那啥说三道四——呸!
　　——而当时只有哈利!

这个哈利直奔到一堵墙前,
却发现他根本不在那边,
于是他跌了个四脚朝天。
　　——呜呼,倒霉的哈利!

我的爱人是一个丑女巫,
你应该看看她那些鼻子抽搐,——
可是天哪,她父亲的钱包真鼓!
　　——我既不是休也不是哈利!

这是,你明白,一支愚蠢的歌曲
而你可以整天把它唱到吐——
你会发现我不是正确就是错误
　　——哎哟休和哈利!

寓意是,我猜想你会让
自己醒着直到你进入了梦乡,
而有时候做事前要先想一想
　　——除非你是休或哈利!

菲兰德

一个男人名叫菲兰德·S. 烂熬
说道:"我知道我的腿合计是两条!
可是我刚数到一,
我就认为计算完毕!——
哦怎么着!哦我又能怎么怎么着?"

河马

脑袋或是尾巴——哪一个他没长?
我想他的前面正回转到这边厢!
他吃胡萝卜,韭葱和干草才能活。
他开口打起哈欠——需要一天还多——

我想到时候我的日子也要这样过。

男孩与矮树丛

一个男孩颇有智谋与干劲
常会跟一个矮树丛讲个不停,
矮树丛会说:"老弟,
来言去语我当然愿意,
假如我想你可以收声倾听。"

此刻并无窃笑与讥嘲
两位就这样静静地神聊,
因为根本没有谁听到,
并无一兽,并无一鸟,——
就这样他们聊啊聊啊不停地聊。

羔羊

羔羊但言，我存在！
他欢闹与奔跑，他可以。
他到处乱跳。你又
是谁？你也一样在跳！

蜥蜴

轻触一只蜥蜴的时候，
是一场暴风雪之前，或之后。
话说开始的那一点
就是他的下颏正下面，——
再多给一条建议：
捅戳千万不要超过两次
在这样一个私密的地方，他的囊喉。

鹩㶅

(写给 J. S., 他的儿子)

谁知道鹩㶅怎么求爱么?
这只是一件挑与选的事情么?
他可有小虫给自己心仪的对象? ——
他是否悬浮在半空上,
如一只蜂鸟保持着平衡,
哦我早有耳闻! ——
本是一只疯狂的老寒鸦
他前来表白连鞋也没擦!

远野(1964 年)

I

北美序列

渴望

1

在睡着的事物之上,并无香脂:
一个瘴气与叹息的王国,
蟑螂,死鱼,石油的恶臭,
比水貂或黄鼬的骚味更难闻,
温热的麦克风滴落的口水,
酒吧高脚凳上十字酷刑的苦痛。
  愈来愈少了被光照的嘴唇,
  活跃的手,被珍爱的眼;
  留给狗与孩童的幸福——
  (唯有一个圣徒提及的事物!)
欲望拖累灵魂。
如何超越这感性的空虚?
(若我们梦得太久梦会抽干精神。)
在一个荒凉之时,当下雨一周即是一年,
矿渣堆在粗蛮城市的边缘冒烟:
海鸥盘旋在它们奇特的垃圾之上;
巨树不再发出煜煜微光;
甚至煤烟也并未起舞。

而精神无法前行,
却缩为一个半生命,少于自身,
倒退,一条蚰蜒,一只逃逸的蠕虫
随时能钻入任何缝隙,
一个无眼的凝望者。

2

一个倒霉蛋需要他的倒霉。是的。
哦骄傲,汝为何人头顶的一支羽毛?

那幸福何等的包罗万有!
一具身体有着一个灵魂的动势。
什么梦境足可在其中呼吸?一个黑暗的梦。
玫瑰超越,玫瑰超越我们全体。
谁会想到月亮可以把自己削得那么薄?
一支巨大的火焰从不见阳光的海中升起。
灯放声呼叫,而我就在那里听见——
我将身处超越;我会超越月亮,
赤裸如一颗萌芽,赤裸如一条虫。

在这个意义上我是一支茎杆。
　　——多么自由;多么孤独仅一人;
从这些虚无之中
　　——所有的开始到来。

3

我愿和鱼,熏黑的鲑鱼,和疯狂的旅鼠,

舞蹈的孩童,渐开的花朵相伴。
谁叹息自远方?
我愿弃学恼怒的隐语,所有恶意和仇恨的扭曲;
我愿相信我的痛苦:和静观玫瑰生长的眼;
我愿以我的手,歌唱的枝条为乐,改变多余的鸟;
我渴望形式中心不灭的宁静;
我愿做一条溪流,蜿蜒在晚夏的条纹巨岩之间;
一片树叶,我愿热爱树叶,欢享芬芳的混乱来自这场凡间的生命,
这场伏击,这场沉默,
在这里阴影可以变成火焰,
而黑暗可以被遗忘。
我早离开了鲸鱼的身体,但夜晚的嘴依然大张;
在牛头之上,在达科他两州[①],那里老鹰吃得很好,
在湖泊稀少的区域,在平顶泥山底部高高的野牛草间,
在夏日炎热中,我闻得见死去的野牛,
它们的湿皮在阳光下晒干的臭气,
变干的野牛粪块。

　　老人应该是探险者么?
　　我要做一个印第安人。
　　哦格啦啦[②]?
　　易洛魁人[③]。

[①] Dakotas,指北达科他州(North Dakota)和南达科他州(South Dakota)。
[②] Oglala,北美印第安土著部落,主要生活于南达科他州。
[③] Iroquois,15—19世纪北美洲东北部印第安人联邦及其成员。

牡蛎河 ① 冥想

1

漫过贴附着藤壶 ②，大象颜色的低岩，
初潮的微波移动，几近于无声，向我而来，
沿着海岸狭窄的沟壑，死蛤壳的行列；
这时我身后一条细流，正悄然靠近，
里面活动着微小的条纹鱼，幼蟹在水里爬进爬出。

没有声音出自海湾。没有暴力。
甚至鸥鸟在遥远的岩石上也安静，
沉默，在渐深的光亮之下，
它们的猫啼喵喵已经结束，
它们的孩童抽泣。

最后是一道起伏的长长涟漪，
从我坐着的地方看去是蓝黑色的，
几乎形成一排浪越过一道小石子的屏障，
轻轻地拍打着一棵沉没的原木。
我在滑动向前的微咸泡沫里打湿我脚趾，
随后退到一块高踞在崖边的岩石上。
风减弱，轻如一只飞蛾在扇着一块石头：一阵日暮的风，轻如

---

① Oyster River，美国康涅狄格州、缅因州、明尼苏达州、新罕布什尔州均有以此为名的河流。
② Barnacled，藤壶（Barnacle）为海洋甲壳动物。

一个孩子的呼吸
不转动一片叶,一道涟漪。
露水在沙滩的草上复活;
一堆篝火那盐渍的木头噼啪作响;
一只鱼鸦在它的栖木(河口一棵枯树)上转身,
它的翅膀撞见倒映阳光的最后一闪。

2

自我持续如一颗垂死的星星,
在睡眠中,惧怕。死神的脸重又升起,
在受惊的万兽之间,舔着盐土的鹿,
牝鹿斜着肩大步慢跑穿过公路,
幼蛇,悬在绿叶之中,等着它的苍蝇,
蜂鸟,从槭梓嗡嗡飞转到牵牛花——
我愿与这些在一起。
也和水一起:波浪不断上前,无休无止,
波浪,为沙洲、巨藻河床、杂乱浮木所改变,
顶上刮着侧风,下面牵动着蜿蜒的暗流
被潮汐飒飒卷来,在石头的垄脊之间滑行,
水的舌头,潜行而入,无声无息。

3

在这个时辰,
在这领悟的最初天堂里,
肉体呈现精神的纯粹姿态,

汲取，就一回，矶鹞的漫不经心，
蜂鸟的确定，翠鸟的狡黠——
我在我的岩石上挪移，我想到：
四月一条密歇根小溪最初的颤抖，
漫过一道石头的豁口，细小的水流；
而那手腕粗的瀑布从一道裂岩翻滚而下，
它的水花在清晨托着一道双彩虹，
小得足可被拥抱，拢入两条手臂之间，——
或蒂塔巴华塞①，在冬春之间的时候，
冰层在午后较早时顺着边缘融化之际。
河心开始因下面的压力而破裂和隆起，
冰块高高堆起抵住包铁的木桩，
闪烁着，再一次冻硬，在午夜吱嘎作响——
而我渴望炸药的爆破，
突然吮吸的咆哮，当涵洞释放它枝棍的碎片，
乱七八糟的白铁罐，提桶，旧鸟巢，一只踩着圆木的童鞋，
当成堆的冰块挣脱那些破木桩，
而整条河都开始移步向前，它的桥梁摇撼之时。

4

此刻，在这光的衰颓中，
我随早晨的运动摇摆；
在一切存在的摇篮里，
将我哄入半睡的
是水的拍打，
沙燕的呼鸣。

---

① Tittebawasee，即 Tittabawassee，密歇根州下半岛（Lower Peninsula）的河流。

水是我的意志,与我的途径,
而精神奔跑,断断续续,
出入细浪之间,
随无畏的滨鸟奔跑——
那小东西在危险之前多么优雅!

初月之下,
万物皆是一场散落,
一道闪亮。

内向之行

1

在出于自我的长旅中,
多有绕行,被冲刷阻断的生疏之所
在那里页岩危险地滑动
而后轮几乎悬在崖边
每当突然偏侧,在转弯的瞬间。
最好贴紧,提防碎砾和落石。
将道路撕裂的沟渠,风蚀的孤山,峡谷,
仲夏高涨的小溪自刹那山洪咆哮而入窄壑。
芦苇被风雨抽打至平卧,
自长冬化作灰色,底部在夏末烤焦。
——或者路径渐窄,
蜿蜒而上去往有尖石的水流,
桤木和桦树的高地,
穿越流沙不停的沼泽,
最后一棵倒下的枞树挡住了去路,
灌木丛变暗,
溪谷丑陋。

2

我记得在砂石中开车是怎样光景,
注意危险的下坡各处,在那里车轮过八十就哀鸣不已——

当你撞上洼底的深坑时,
诀窍就是把车子侧甩出去冲过山头,满踩油门。
往上蹑过窄路,边啐吐边咆哮,
一线机会?或许吧。但路是我的一部分,还有它的沟槽,
而尘土厚积在我的眼皮上,——究竟有谁戴过风镜?——
总是一个急转向左开过一个紧靠路边的谷仓,
碰见一群小狗的乱窜和一阵孩子的尖叫,
高速公路延伸如带一气直插向北,
碰见沙丘与鱼蝇,悬挂着,比飞蛾还粗,
明亮地死在粗粝的混凝土中沉陷的街灯之下,
城镇与它们满是坑洼的路拱和深深的排水沟,
它们银色松木的商店和历经风霜的红色法院,
而下面一座老桥铁栏弯扭,被某个白痴跳水者弄断;
底下,迟缓的水走在杂草,破车轮,轮胎,石头之间。
而一切都流过——
有两棵矮树的墓地在草原正中,
死蛇和麝香鼠,乌龟在碎砾中喘气,
蜿蜒干涸的小河床里刺钉般的紫色灌木——
飘行的鹰,大野兔,吃草的牲口——
我不动但它们在动,
而太阳出于提顿山脉[①]上空的一片蓝云,
正当,更远处,热光疾闪。
我起起落落在一片草原的平缓之海上,
风推着车子稍往右偏,
鞭打着一排白色衣物,将三角叶杨弯向两边,
一栋尘封农舍乱蓬蓬的防风带。

---

① Tetons,北美洛基山脉的分支。

我起起落落,而时间折叠
成为一个漫长的瞬间;
我听见青苔说话,
而常春藤伸出它的白蜥蜴脚前进——
在熠熠发光的路上,
在尘土飞扬的绕行线上。

3

我看见全是水的花朵,在我上方与下方,那永不退去的,
移动着,在一片干涸的地域里不动,在月光里发白:
一场静止中的灵魂,
摇晃着肉体入睡后安然,
花瓣和花瓣的反影混合在一池如镜的表面,
而波浪也平息下来当渔夫将他们的渔网拖过石头。

在时间的那一瞬,当小水滴成形,却不滴落,
我已懂得太阳的心,——
在一个干涸之处的黑暗和光明里,
在一道尘风扬起的一抹火焰里。
我曾听见,在树叶的一滴水中,
一支轻歌,
在午夜的哭喊以后。

我为此自行排演:
在延伸处直面死亡的站立,
以表面的变化,波涛之上的光闪为乐

我也漫游别处,我的身体思索着,
转向光的另一边,
在一座风之塔楼里,一棵树闲置于空中,
超越我自己的回声,
既不往前也不往后,
并无困惑,在一个通向无地的所在。

如同一个盲人,拉起一道窗帘,便知道是早晨,
我知道这变化:
在寂静的一侧没有微笑;
但当我和众鸟一起呼吸的时候
愤怒的精神化为祝福的精神,
而死者从他们的黑暗里开始在我的睡梦中歌唱。

漫长的水域

1

蜜蜂有没有思想,我们说不准,
但蠕虫的后部扭摆得最多,
米诺鱼能听见,而蝴蝶,黄的和蓝的,
欢享气味和舞蹈的语言。
因此我否弃狗的世界
尽管他听得见一个比C更高的音
而鸫鸟停在了他歌唱的中途。

而我向上帝确认我的愚蠢,
我的欲望,渴求巅峰,黑谷,翻滚的雾
跟随风的每一次扭转而变,
不闻歌声的田野并无肺叶呼吸,
在那里光就是石头。
我回到曾有过火焰的所在,
回到大海被烧焦的边缘
淡黄色的草尖刺穿熏黑的灰烬,
而成捆的原木在午后阳光里剥蚀的所在,
淡水与咸水交汇,
而海风穿透松树林的所在,
一个峡湾与水道,与向海流淌的小溪的国度。

2

奈萨①,哈尔的母亲,保佑我
抵御蠕虫的进与退,抵御蝴蝶的摧残,
抵御半岛的缓慢沉没,珊瑚的风化,
可疑的沧桑巨变,起伏的沙子,和我长触手的海中亲戚。

可她又如何?
她用自己的眼颂扬早晨,
那颗闪烁着超越自身的星星,
午夜原野深处的蟋蟀之声,
从矮松树间呱呱乱叫的蓝鸦。

快乐消逝得多么缓慢!——
干花在起皱的山谷中开裂,
这一年的初雪在黑暗冷杉之中。
心有所感,我依旧乐享我最后的秋天。

3

终有一时当鳟鱼和幼鲑跃起捕食低飞的昆虫,
而常春藤枝,被掷落于地,将根扎入锯末,
而松树,连同其根,沉入河口,
在那里它低俯,向东倾斜,鱼鹰的一段栖木,
而一个渔人逛过一座木桥,

---

① Mnetha,英国诗人布莱克(William Blake,1757—1827)神话著作《蒂利尔》(*Tiriel*,1789 年)中的精灵,蒂利尔之父哈尔(Har)的守护者,被哈尔视为母亲。

这些波浪,在阳光下,令我想起花朵:
百合那刺目的白,
斑驳的卷丹,最好在一个潮湿处的角落里,
天芥菜,像一条鱼似的打着条纹,顽强的牵牛花,
和一座草原湖边上一棵死牛蒡的青铜色,
紧靠在渐缩至碱性中心的堆肥一边。

我来到此处不曾向寂静献殷勤,
被一阵低风的嘴唇所祝福,
抵达一片风和水丰盛的荒凉,
抵达一个陆地环绕的峡湾,这里将盐水换新的
是倒落的冷杉之下流淌的小溪。

4

在清晨雾濛濛的灰色之中,
细小,羽状的涟漪轻轻撞碎在不规则的岸线之上——
长长波峰的羽毛,锃光瓦亮,几如油脂——
一排孤浪到来有如一只大天鹅的脖颈
它游得很慢,背羽被轻柔的侧风吹乱,
游向一棵平躺的树,树冠半折。

我记得一块石头将涡旋的水流截断,
既不白也不红,在死水的中路,
在那里冲力不再支配一切,渐暗的阴影亦然,
一个虚弱的所在,
被沙子,破贝壳,水的残骸包围。

5

当亮光从一座湖中反照,在傍晚时分,
当蝙蝠飞翔,接近略微倾斜的褐色水面,
而低的涟漪漫过一道卵石的岸线,
如一团火,貌似熄灭已久,从烟囱里一道下行气流炽燃而起,
或一道微风从一座矮山拂过膝头,
就这样海风将欲望唤醒。
我的身体闪烁着一团轻柔的火焰。

我在前进与后撤的海水里看见
来自我睡眠的形体,在哭泣:
那永恒之形,那孩童,摇摆的藤枝,
神性的圆环围绕那开放的花朵,
我前面奔跑的朋友在起风的岬角之上,
既非声音亦非幻象。

我,从深处回来笑得太响亮的人,
成为另一件事物;
我的双目延伸超乎波浪最遥远的绽放;
我在漫长的水中迷失又找到自己;
我再一次被聚合到一起;
我拥抱世界。

远野

1

我反复梦见旅行:
梦见飞翔如一只蝙蝠深入一条狭窄的隧道,
梦见独自驾车,没有行李,驶出一座长长的半岛,
路边成行积雪的次生林,
细细的一道干雪嘀嗒着挡风玻璃,
交替的雪和雨夹雪,无对向的车流,
身后亦无灯光,在模糊的侧镜里,
道路从上釉的沥青路面变为一段粗碎石,
最后结束于一道无望的沙槽,
车子在此抛锚,
在一个雪堆里折腾
直到前灯变暗。

2

在田野尽头,在割草机漏掉的角落里,
草皮脱落掉入一个藏草涵洞的所在,
猫鸟出没之处,田鼠的筑巢地,
离变幻无定的垃圾花堆不远,
在铁罐,轮胎,生锈的管子,故障的机器中间,——
一个人得知了永恒;
也在一只死耗子被雨和地上甲虫所食的萎缩脸孔上

(我发现它躺在一个旧煤仓的砾石间)
还有那只雄猫,在野鸡场附近被抓到的,
它的内脏散落在成长一半的花朵上,
被守夜人爆射而死。

我为小鸟,为卷进割草机里的小兔而苦痛,
我的悲伤并不过分。
因为在五月初遇见鸣莺
就是忘记时间和死亡:
它们如何飞满了黄鹂的榆树,一朵叽叽喳喳的躁动之云,整整
    一个早晨,
而我看了又看直到我的双眼模糊于鸟的形体,——
五月角①,黑斑森莺,蓝林莺,——
移动着,鱼一般难捕,无所畏惧,
悬挂着,像幼果一样鼓起,拉弯末枝,
静止片刻,
然后半展双翼疾驰而去。
轻于燕雀,
正当鹧鸪在半绿的树篱间争鸣,
而啄木鸟从他鸡场的枯树中击鼓。

——或者赤条条躺在沙子里
在一条慢河的淤泥浅滩上,
拨弄一只贝壳,
思索:
曾几何时我就是这样,毫无头脑,

---

① Cape May,新泽西州一城市与海滨胜地,迁徙鸟类观察点。

又或许怀着另一番心思,不那么特别;
或在一片生满苔藓的泥沼中沉到屁股;
或者,弯起瘦瘦的膝盖,跨坐在一根湿木上,
相信:
我还会回来的,
作为一条蛇或一只嘶哑的鸟。
或者,带点运气,作为一头狮子。

我学会了不惧无限,
远野,永恒的风之悬崖,
明日的白光里时间的消逝,
转离自身的车轮,
浪涛的蔓延,
即将到来的水。

3

河流转于自身之上,
树退入自身的阴影。
我感到一个无重量的变化,一种向前的运动
如水在一个变窄的通道前加速
当两岸相并,宽阔的河水变白;
或是当两河相汇,蓝色的冰川急流
与来自山脉高地的黄绿色,——
起初是岩间一道迅疾的涟漪,
继而是一派长长的奔流越过平坦的石头,
之后便降至冲积平原,

抵达泥岸,与榆树上垂挂的野葡萄。
那微颤的水
在阳光停留处滴出一层细细的黄泥;
而螃蟹靠近边缘晒太阳,
杂草的边缘,活跃着小蛇与水蛭,——
我已达至一个静止,但并非一个深处的中心,
闪烁水流之外的一点;
我的双眼凝望一条河的底部,
望着不规则的石头,彩虹斑斓的沙粒,
我心动于不止一处
在一个半陆,半水的国度。

将我更新的是死亡,我死亡的念头。
九月一座垂死花园枯干的香气,
风扇着一支低低火苗的灰烬。
我的所爱近在咫尺,
永远,在泥土与空气之中。

4

失落的自我改变,
转身朝向大海,
一个海形的回转,——
一个老人双脚置于火前,
身着绿色长袍,告别的衣装。

一个人面对自身的浩瀚

唤醒所有的波浪，它们所有松弛漫行的火。
来自绝对的低诉，那声为何
降生，在他赤裸的双耳之上消散。
他的灵魂移行如恒久纪念的风
在阳光的蓝色高原上化作温柔。
他是事物的终结，那最后的人。

一切有限之物都揭示出无限：
山与它的奇异亮影
有如刚结冰的积雪上的蓝色光泽，
冰霜重压的松树之上的余辉。
一道山坡上的椴木香气，
蜜蜂所爱的一种气味；
一棵沉没的树上水的寂静：
一个人心中记忆的纯粹宁静，——
一道涟漪自单单一块石头开始加宽
回旋环绕这世界的水域。

玫瑰

1

有那么些人对于他们地点并不重要,
但这个地点,海与淡水交汇之处
是重要的——
此处雕鹫侧身驰入风中,
并无一记扑翅,
老鹰低航于枞树之上,
而鸥鸟啼鸣与乌鸦相对
在弯曲的港口,
而潮水高涨直压向
被羊和兔子啃食的草地。

一个看潮的时候,
为苍鹭那僧侣般的垂钓,
为唧鸦那困睡的啼鸣,
晨鸟已逝,啁啾的雀儿,
但仍有翠鸟的忽闪,海番鸭的扑翅,
太阳是一个火球降临水面之上,
最后的群鹅横渡映着反照的余光,
月亮退入一道模糊云形之内
应猫头鹰,这诡异啸叫者的啼鸣。
旧原木随着渐弱的波涛沉降,
而寂静就在那里。

我侧身走出我自己
进入渐暗的水流,
进入浮木的小小渗漏,
回旋着经过微型陆岬的水。
我曾有一刻头戴一顶鸟冠是在这里么
当时在岩石的一个远端
光明升华,
而下面,一片乌有之处的雾霭里,
最初的雨水汇聚?

2

如同一艘船乘一道轻风航行——
波浪少于上升的鱼击出的涟漪,
尾流的花边状褶皱变宽,稀薄淡去,
从旅人的眼中滑走,
船舳悠悠然上下颠簸,
整条船微微侧转,
船尾翘高,像一个小孩的船在池中沉浮——
我们的运动继续。

但这朵玫瑰,这朵玫瑰在海风中,
停留,
停留在它真正的位置,
从黑暗里开出花来,
在正午加宽,仰面朝天,
唯独一朵野玫瑰,正拼命挣脱牵牛花的白色拥抱,
脱出欧石南的藩篱,蓬乱树丛的纠缠,

越过三叶草，与错杂的干草，
越过海松，橡树，被风轻摇的浆果鹃，
随着波浪，起伏的漂流木而动，
那里缓慢的小溪蜿蜒而下岸滨的黑沙
裹挟着粗草渣，而螃蟹则疾疾返回它们闪烁的坑穴。

而我想到玫瑰，玫瑰，
白的和红的，在宽阔的六百英尺温室里，
而我父亲跨着水泥长凳站在那儿，
将我举起高过四英尺的茎杆，罗素夫人，和他自己
  精心培植的混种，
这些头状花序又如何仿佛朝我流淌过来，要招唤我，
  仅仅是一个孩童，走出我自己。

哪还需要天堂，那一刻，
既有了那个男人，和那些玫瑰？

3

他们告诉我们什么，声音与寂静？
我在这寂静里想起美国的声音：
在墓碑①两岸，风弦琴拥有发言权，
歌鸫独自鸣唱，那悠然的鸟儿，
双领鸻吹着口哨离我而去，
猫鹊模仿的咯咯轻笑
在下面花园的角落里，在褴褛的紫丁香之间，

---

① Tombstone，亚利桑那州东南部城市。

嗖的一声从围栏断柱上飞走的长刺歌雀，
蓝鸲，旧树林中洞穴的爱者，欢唱着它的轻歌，
还有那尖细的啼鸣，如针刺耳，顽强的知了，
还有达科他两州油桶周围雪的滴答响，
密歇根州冬日电话线在风中纤细的哀鸣，
旧木瓦从一个屋顶最高处被揭下时钉子的尖叫，
后退的推土机，喷砂机的嘶嘶鸣叫，
清晨街道上升起的喇叭的低沉合唱。
我回到燕子在水上的啁啾，
和那个声音，那唯一的声音，
当心灵回想起一切，
而光轻柔地进入沉睡的灵魂，
一个如此细微连一只鸟都招引不来的声音，

美丽的是我的欲望，和我欲望的所在。

我想起石头在歌唱，而光在发出它自身的寂静，
在一片成熟中的草地边缘，正值初夏，
月亮垂挂在茂密的榆树之中，微微一道银光，
或是那破晓前的寂寞时间
当缓慢的货车沿破败山坡的边缘蜿蜒而行，
而风刨削着一棵树的轮廓，
当月亮徘徊，
而一滴雨水垂挂在一片树叶的尖儿上，
在渐渐苏醒的阳光里变幻
像一条刚刚捕获的鱼的眼睛。

4

我与岩石,它们的杂草一起活着,
它们薄膜状的绿色流苏,它们粗糙的
边缘,它们的洞孔
被海泥所隔断,远离那
长波的碰撞,
油脂一般,载满沥青的
浪涛倾覆之墙,
在那里鲑鱼悠然取道进入巨藻床,
大海在小岛间将自身重整。

靠近这朵玫瑰,在这座被太阳炙烤,被风扭曲的浆果鹃林中,
在半已枯死的树木之间,我抵达了自身的真正安闲,
仿佛另一个人从我存在的深处浮现,
而我站在自身之外,
超越化生与死灭,
一个全然异质的某物,
仿佛我飘飞而去在最狂野的浪尖活着,
却又静止不动。
而我欣喜于是我是之物:
欣喜于丁香的转变,宁静的白色爬虫,
越过枝条的鸟,唯独那一只
在飞行时所有的空气都向他致意,
从渐暗的波浪中升起的海豚;

也欣喜于这朵玫瑰,这朵海风里的玫瑰,

扎根在石头里,保藏着光的完整,
为它自己汇聚着声音与寂静——
我的和海风的。

II
情诗

少女

精神可以相信什么?——
它将整个身体都纳入;
我,到了恋爱的境地,
把这当作学问攻读。

我们是一个,却又不止,
我听那些明白人说到,——
有时又喜欢是两个。
今天我在岸上蹦跳,
我的眼睛不在此也不在彼,
我的瘦胳膊晃东又晃西,
我的身体是一只鸟,
我的鸟儿血已准备好。

她的词语

一张年轻的嘴在笑一件礼物。
她轻哼,像一只猫对她的爪子;
喊叫,"我够大了足以生活
并愉快享受一个情人的赞美,
却又独自保留着我自己的心思;
我翩翩起舞到右边,到左边;
我的好运让风吹起。"

"把我所有的耳语都写下来,"
她对着她的真爱叫喊。
"我相信,我相信,月亮!——
这是什么天堂气候?"

"风暴,一个吻的风暴。"

幻影

  我的枕头不会告诉我
    他去了哪里,
  脚步轻柔的那个
    他经过,独自一人。

  他带走了我的心,整个,
    只凭那斜睨的一眼,
  一起的,还有我的灵魂,
    它连死都情愿。

  我辗转,我反侧,
    我的呼吸不过是一叹。
  我岂敢悲伤?我岂敢哀吟?
    他走过。他走过。

她的缄默

若我仅能送他
一个袖子里面装着我的手,
脱离了身体,毫无血色,
给他去亲吻或爱抚
如他会或者不会的那样,——
但绝不是我双眸的全神凝望,
也不是我的整个思念之心,
也不是萦绕我身体的灵魂,
不是我的双唇,双乳,双股
它们在风中微颤
当风叹息之时。

她的渴望

在这渴望之前,
我活得沉静如一条鱼,
混同于池中的植物,
牝马的尾巴,漂浮的水鳖,
在我的八脚朋友中间,
敞开如一座池塘,一支小防风草,
如一只水蛭,始终环绕着我自己,
一件暴眼可食之物,
一张嘴好像一条棘鱼,——
一样静态的东西!

但如今——
狂野的水流,大海本身都装不下我:
我与黑色的盲鳗、鸬鹚一同下潜,
或与驼背的苍鹭一起漫步卵石的岸滨,
在早晨的阳光下抖出我的渔获,
或与雀鳝鹰、巨翼的秃鹫一同升起。
在群山之上飘飞而过,
挺起胸膛迎击奔涌的空气,
一只凤凰,确信我的身体,
由我自身中永恒地腾起,
我展开双翼盘旋在滨鸟之上,
或拍打暴风雨的乌云,
守护着海崖。

她的时间

当我
所有的瀑布
妄想飘摇而逝
离我远去,在海的寂静之中;
那一刻
当潮水移转
既非向前亦非向后,
而细小的波澜
开始苍白地升起,
而疾风
翻动密集的白浪,
而两只海番鸭低飞,
它们那四片翅膀一同拍打,
而我满载着盐的头发
飞离我的脸
在近于无形的
浪沫之前,而那些
小小的光之形体在遥远的
悬崖上消失于最后一道
阳光的闪耀,先于
暴风雨的长波轰响
沿近岸而下,
当一切——鸟,人,狗——
急寻遮蔽之时:
我便是那想要追随者,
想要追随。

歌

我的忿恨,何处是那
细腻有型的思绪的锋刃
我曾携有它那么长久
在那么年轻,那么年轻之时?

我的忿恨,何物将是
灵魂的特权?
心会不会把心吞噬?
何物将到来?何物将到来?

爱啊,你听见
时间缓慢的嘀嗒
在你埋入海底的耳中,
现在告诉我,现在告诉我。

光在倾听

哦还能有什么胜得过
她与一个男人的相处之道?
她亲吻了我不止两次
一旦我们不受打扰。
能感觉时谁会用眼去看?
她比一头海豹更多面。

亲密的空气微微撩动。
光变深为一腔钟鸣,
一只鸟儿爱情的脉搏。
她让身体一动不动
凝望着天气流淌。
我们靠我们的所为活着。

万般皆知,周遭万有:
将来事物之形;
一件绿色事物爱绿
也爱那活的土地。
深沉的阴影汇聚夜晚;
她随变化的光而变。

我们相会以再次远离
我们脱离时间的时间;
一道冷气带来了它的雨,

一支茎梗的歌唱。
她歌唱最后一首歌；
她唱歌时光在倾听。

快乐的三个

里面,我亲爱的妻子
磨好了一把屠刀;
叹出她纯粹的释然
　　就是我已离去。

我曾想要清理干净
我的文件,就在
略沾淫秽的词语之间——
　　她蹙了蹙她的眉。

搁架有一项特殊用途;
为什么泥污的鞋子
跟你的内衣放在一起?
　　她曾发问,女人。

于是我便转身离开
不带细声的一笑
去喝点一半加一半①
　　在后面的草坪。

那当口谁应该出现,
不过是我们的母鹅,玛丽安,
已经逃出了她的圈棚,

---

① Half-and-half,两种酒各占一半的混合饮品。

正追寻着太阳。

取了一个女诗人的名字，
（我依然很喜欢她），
她纯白的被羽之状，
　　　她停下举喙梳理；

可当她啄到我的脚趾，
我积存已久的晕眩
便如四月雪般无影无踪；
　　　愤怒已尽数消失。

这时一只近处的唧鹀，一个
并不遥远的福柏①
肆无忌惮地唱响了
　　　堂皇谱写的音符。

我们奔回到宅中，
我，和亲爱的玛丽安——
随后我们再次出门嬉耍，
　　　再次出门，
　　　再次出门，
　　　三个跑到阳光下。

---

① 见《给风的词语》脚注。

他的预感

1

浅滩随大海摇荡。
我,活着,依然隐忍
那不相称的畏惧
惧怕身处,身处于
一枚标致的头颅之外。

2

左思加右想可以是
一个灵魂的负担。
谁知道这一切的结果?
当我伫足对一块石头说话,
露水凑近过来。

3

我歌唱周围的风
而听见我自己回返
到虚无,独自一人。
最孤寂之物据我所知
就是我自己运转的心思。

4

她是不是光的全部?
我嗅吸渐暗的空气
并谛听我自己的双脚。
一场风暴正在变强
在风与水交汇之处。

害羞的人

满月当时正朗照着宽阔的海;
我曾向那颗俯视我的孤星歌唱;
我曾向驳岸上吃草的白马歌唱,——
  当我漫步在高高的海堤边。
   但我的嘴唇它们,
   我的嘴唇它们,
  从来不曾诉说一语,
  当我徜徉在高高的海堤边。

杓鹬缓慢的夜歌曾由水上传来。
那甜美音符的微颤曾令我心骚动,
当我漫步在她,奥康奈尔的女儿①身边,
  我知道我真的爱她。
   但我的嘴唇它们,
   我的嘴唇它们,
  从来不曾诉说一语,
  当我俩漫步在那高高的海堤边。

满月已沉落,夜风正降临
而我躺在这里在荒凉的博芬镇上想着
我躺在这里想着,"我并不孤单。"

---

① O'Connell's daughter,即比阿特丽斯•奥康奈尔(Beatrice O'Connell, 1926—),罗思克的学生,1953 年成为罗思克的妻子(Beatrice Roethke)。

因为这里紧靠着我的是奥康奈尔的女儿,
　　而我的嘴唇它们,我的嘴唇它们,
　　　诉说千言万语,
当我俩拥抱在高高的海堤边。
　　哦!我的嘴唇它们,我的嘴唇它们,
　　　诉说千言万语,
当我俩亲吻在高高的海堤边。

她的忿恨

但丁本人也曾隐忍,
更有炼狱的暴怒;
我,重燃火焰之人,
战栗,且不止两次,
于另一个比阿特丽斯。

对一个年轻妻子的祝愿

我的蜥蜴,我鲜活的扭动者,
愿你的肢体永不凋萎,
愿你的双眼在你的脸上
挺过那绿冰的加害
那是嫉妒的恶毒凝视;
愿你安度你的人生
没有仇恨,没有悲伤,
也愿你的秀发永远炽燃,
在阳光下,在阳光下,
当我归于陨灭之时,
当我是无人之时。

III

混合序列

深渊

1

楼梯在这里吗?
楼梯在哪里?
"楼梯就在那里,
但它通向无处。"

那深渊呢? 深渊呢?
"你不可能错过的深渊:
就是你所在的地方——
楼梯下一步。"

  始终每一次
  永远都有
  失败的中午,
  一栋房子的一部分。

  在中间,
  绕着一团云,
  一支蓟花顶上

风正在放缓。

2

我曾接受各式各样的倾诉
可是听见很少。
令我的内向证人受惊的
是我不受监护的嘴。
我曾拣选,太频繁了,危险的路径,
模糊的,不毛的,
既不入于也不出于此生。

在我们中间,何人圣洁?
什么言语长留?
我听见墙的声响。
他们已宣示了自己,
那些鄙视鸽子的人。

伴着我,惠特曼,目录的编制者:
因为世界重又侵袭我,
再一次舌头开始喋喋不休。
而对客体的可怕饥渴将我惊吓:
窗台颤抖。
而在那边的遮帘之上
一只毛毛虫爬下一根绳子。
我的象征!
因为我曾挪得更近于死亡,与死亡共生;

像一个护士他跟我同坐了几个星期,一个狡猾粗暴的侍者,
看着我的双手,小心翼翼。
谁把他送走了?
我不再是一只鸟把一只喙浸入微波荡漾的水中
而是一只鼹鼠蜿蜒穿过尘世,
一只夜间捕鱼的水獭。

3

太多的现实可以是一道眩光,一种过度;
太近的即时性则是一场虚脱:
如房门在一家花店的储藏室里晃开之时——
气味的奔涌似一团冷火袭来,咽喉凝冻,
然后我们转身回到八月的炎热,
经受了磨炼。

于是那深渊——
湿滑寒冷的高峰,
在遮蔽一切的苦痛之后
那攀登,那无尽的回转,
似一团火袭来,
一场恐怖的创世暴力,
一道闪光照入可憎之人燃烧的内心;
然而假如我们等待,无惧,度过那可畏的瞬间,
那个燃烧的湖便化作林间一洼池塘,
那团火便消退成为水的圈环,
一片阳光照耀的寂静。

4

我怎样才能做梦,除了超越此生?
我能不能跃出大海——
整个大陆的边缘,终极的海?
我嫉妒须蔓,它们无眼的探求,
孩子的手伸进盘卷的薤藋,
我也服从我背脊上的风
带着我离开黄昏的垂钓回家。

> 在此,我的半休憩之中,
> 领悟放慢片刻,
> 而不悟进入,默然,
> 背负着存在本身,
> 而那团火舞蹈
> 应和着溪水的
> 流淌。

我们是走向上帝,还是另一个状况而已?
在盐的波涛边上我听见一条河的伴唱之歌,
在一个云朵斑驳的所在,一团阴霾早晚不散。
我在黑暗与黑暗之间摇摆,
我的灵魂差不多是我自己的,
我死去的自我在歌唱。
而我拥抱这平静——
如此宁谧在小树叶之下!——
茎梗边,根部更白,
一道明亮的静止。

影子缓缓说道:
"崇敬并且靠近。
谁懂得这一点——
便懂得一切。"

5

我到白天口渴。我到黑夜守望。
我接纳!我已经被接纳!
我听见花朵在它们的光下啜饮,
我采纳过蟹与海胆的忠告,
我回想渺小之水的降落,
溪流在布满青苔的圆木之下滑行,
蜿蜒去往不规则的绵延沙地,
巨大的圆木堆积如火柴。

我极不节制地成婚:
我主上帝已经拿走了我的沉重;
我已经,像鸟一样,与明亮的空气融合,
而我的思绪飞到菩提树边的所在。

存在,而非行动,是我最初的喜悦。

挽歌

她的脸像一块雨打的石头在她远去的那天
随着那副黑灵柩,和一个市议员都够用的花朵,——
就这样她曾是,以她的方式,蒂莉阿姨。

叹息,叹息,谁说它们有先有后?
在精神与肉体之间,——是什么战争?
她从来一无所知;
因为她从未索要一分也从未献赠一毫,
曾在亲戚们离去时仍枯坐伴随死者的人,
曾经喂养并照看弱者、疯子、癫痫者的人,
并且,发出一阵粗嘎之声嘲笑她自己,
曾经直面最恶境遇的人。

我记得她在晚夏如何驱赶众孩童
远离她院里那一件美丽的事物,桃树;
她如何将枯萎的,掉落的,畸形的留给自己,
而拣选并腌渍最好的,留在摇晃的门阶上。

而她却在痛苦中死去,
她的舌头,最终,粗厚,黑得像一条牛舌。

警察,收账员,穷人的出卖者们的恐怖,——
我见你在某个天际的超级市场,
安详移行在韭葱与甘蓝之间,

探查着倭瓜,
步步进逼,两眼直勾勾,
盯住发抖的肉贩。

奥托①

1

他是奇怪一家里最小的儿子,
一个普鲁士人,早早学会了粗鲁
对待傻子和骗子:他不装腔作势
在一个盆栽园圃上居住了多年。
我一想起他,就想起他的手下,
跟他近乎得好像是亲戚或族人。
马克斯·劳里什②有最绿的拇指。
一个园丁不会向美丽献殷勤:
他盆栽植物仿佛他跟它们有仇。
他的根何曾否弃过它的茎梗?
当花儿生长,那绽放令他延伸。

2

他的手可以塞进一个女人的手套,
一座树林里无论什么一动他就知道;
有一回他在自己的地界看见两个偷猎者,
他一手就抄起了自己的来复枪;
干树皮随他的射击而飞到他们脸上,——
他从来都知道他瞄准的是什么。

---

① Otto Roethke(1872—1923),诗人的父亲。
② Max Laurisch,罗思克家的花匠。

他们持枪站在那里;他走上前去,
不带来复枪,狠扇他们每个人耳光;
这不是随随便便的行为,因为那两人
已将猎物宰杀,又砍倒了小枞树。
那个时候我还没到七岁大。

3

一间花的屋舍!他们造起一间又一间,
无论是为爱还是出于隐晦的负疚
对于曾经热爱一派战斗景象的祖先,
或是一百年前被杀死的法国人,
和依然暴虐的人们,他们架起的枪支
杀死了每只接近他们雉鸡场的猫;
哈蒂·赖特①的安哥拉猫也死掉的时候,
我父亲把它带给了她,提着尾巴。
爱小东西的可能既是圣人又是粗人,
(有的会长到走形,他们的种不纯;)
印第安人爱他,而波兰人很穷。

4

在心灵的眼中我看见那些玻璃田野,
当我从那栋高大屋舍里眺望它们,
在月亮下面驰行,躲避着月亮,
随后在黎明时分缓缓碎裂变得更白;

---

① Hattie Wright,所指未详。

当巡夜人乔治的灯笼脱离了视野,
长管乐敲打:到了夜晚的尽头。
我会站在我的床上,一个不眠的孩童
望着我父亲的世界一点点醒来。——
哦如此遥远的世界!哦我失去的世界!

密友

有的进了监狱；有的死了；
　　没有一个读过我的书，
然而我的思绪总回到他们那里，
　　我还记得那种眼神

他们的姐妹曾投向我，一两次；
　　可是每当我把脚步放慢，
他们就告诫我别搞得太帅
　　我歪戴着帽子那范儿。

还有我在冰上滑倒的时候，
他们见我摔过不止两次。
　　我对此心怀感激。

蜥蜴

他也一直吃得很好——
我能从鼓胀搏动的中段看出来;
他的世界和我的是同一个,
地中海的太阳照着我们,各自均等,
他的头,僵硬如一只圣甲虫①,转向一侧,
他的右眼直盯着我,
一只叶状的脚松弛地垂挂
在露台风蚀的边沿,
尾巴直得像一柄尖锥,
然后突然蹿起来又蹦过去,
结果又一次盘卷起来,
一种丝线般的紧致。

(一支烟会不会将他惊扰?)

火柴划第一下的时候
他将脑袋微微调转,
退而将自己的脖颈缩到半途
在一片干草莓叶之下,
他的尾部此刻跟随地面呈灰色,
一只圆眼仍对着我。
一只甘蓝菜蝴蝶飘飞而入,
在防风竹林里左冲右突;

---

① Scarab,古埃及人奉为神圣的甲虫。

但那只小蜥蜴的眼睛依然跟随着我。
一道绿绿的眼睑抬得稍高一点,
随后滑下眼睛的表面,
又再次翻起,慢慢地,
睁开,闭合。

这座露台究竟属于谁?——
连同它正碎成灰白色粉末的石灰岩,
它的蜂群,和它被风吹打得摇摇晃晃的太阳椅。
不是我,而是这只蜥蜴,
比我更老,要不就是蟑螂。

田鼠

1

在塞进了一只旧尼龙袜的鞋盒里面
睡着这只我在草地上发现的幼鼠,
他在那儿的一根茎秆之下颤抖又摇摆
直到我抓住他的尾巴逮着了他,
拢在我的手心,
一个小小的战栗者,他全身都在颤抖,
他荒唐的腮须像一只卡通老鼠般向外突刺,
他的脚像小树叶一样,
小小的蜥蜴脚,
想要挣脱的时候他白乎乎地伸展开来,
像一只极小的幼犬扭动不停。

现在他已食用了三种奶酪并饮过了他的瓶盖水槽——
吃饱喝足的他就这样躺在一个角落里,
尾巴盘卷在他身下,他的肚子大大
跟他的脑袋一样;他蝙蝠一般的耳朵
抽动着,歪向最小的声音。

我是否想象他不再颤抖
当我靠近他的时候?
他似乎不再颤抖了。

2

可是今天早晨后门廊上的鞋盒房子是空的。
他去哪儿了,我的田鼠,
我那一个曾偎依在我手掌里的拇指小孩?——
去奔跑在鹫翼之下,
在榆树上守望的大猫头鹰眼之下,
去凭借伯劳,蛇,郎猫的好意去活。

我想起落进深草丛中的雏鸟,
在主干道尘土飞扬的瓦砾中喘气的乌龟,
晕倒在浴缸里的中风者,而水面正在上升,——
一切无辜的,不幸的,被弃的事物。

一间暴力病房中所闻

在天堂,也一样,
你会被体制化。
但那都不是问题,——
只要他们让你吃饭和咒骂
和布莱克的同类一起,
跟克里斯托弗·斯马特[①],
跟那个可爱的人,约翰·克莱尔[②]。

[①] Christopher Smart(1722—1771),英国诗人,被多年收容在疯人院。
[②] John Clare(1793—1864),英国诗人,死于北安普顿总疯人院(Northampton General Lunatic Asylum)。

天竺葵

当我把她放到外面,有一回,在垃圾桶边,
她看起来是那么的萎靡而残败不堪,
那么愚蠢而轻信,像一只生病的鬈毛狗,
或一支九月底的干瘪紫菀,
我又把她拿了回来
再过一遍新的例行程序——
维生素,水,或无论什么
似乎合理的营养
在那时候:她已经活了
这么久,靠杜松子酒,小发夹,抽了半截的雪茄,走气的啤酒,
她皱缩的花瓣掉落
在褪色的地毯上,发霉的
牛排油粘在她的绒毛叶子上。
(风干了,她像一支郁金香般脆响)

她挺过的那些事情!——
蠢妇们在半夜里尖叫
或者就单是我们俩,两个都邋里邋遢,
我对她呼着酒气,
她倾身探出她的盆外朝向窗户。

快结束时,她仿佛差点就听见我了——
这可真吓人——
所以当那个抽着鼻子的愚侏病女佣人

把她,连盆子一起,扔进垃圾桶时,
我什么也没说。

但我下个星期就炒掉了那个自以为是的老太婆。
我是那样的寂寞。

在码头上

他们在码头上说的是,
　"没有哪个庇护所
挡得住风吹,
　或大海的嘲谑,——
还有两个要淹死
　下星期。"

暴风雨

(伊斯基亚岛的福里奥①)

1

对着石头防波堤,
只有一道不祥的拍打,
当风在头顶哀鸣,
从山上下来,
在凉亭,弯曲的露台间呼啸;
一声电线的细吟,一阵树叶的喋语和扑腾,
还有小街灯摇摆与砰撞着灯杆。

人都去了哪里?
山上只有一盏孤灯。

2

沿着海堤,一阵持续的汹涌翻腾,
波浪还不高,但均匀,
来得愈来愈近彼此倾轧;
一阵雨的细雾从海中长驱而入,
在沙滩上钻眼,像铅弹齐射,
海风与山风迎头相击,

---

① Forio d'Ischia,意大利那不勒斯省一市镇,其所在的伊斯基亚(Ischia)为第勒尼安海(Mar Tirreno)中一火山岛。

挑动白浪尖的泡沫径直翻入黑暗之中。

一个回家的时间！——
而一个孩子的脏内衣向上鼓起飞出一条小巷，
一只猫快跑着避风就像我们一样，
在泛白的树木之间，上到圣露西亚①，
那里沉重的门扉开启，
我们的呼吸才轻松一点，——
随后一道响雷的轰鸣，黑雨扫过我们，笼罩
平顶的屋舍，奔涌而下，拍打着
墙垣，板条窗户，驱赶
最后的守望者入户，将打牌者更移近
他们的纸牌，他们的茴香酒。

3

我们爬到我们的床，和它的草席上。
我们等；我们听。
暴风雨平息，然后再次倍增，
将树木半路弯折到地面，
摇散果园里仅剩的干瘪橘子，
压扁柔韧的康乃馨。

一只蜘蛛把自己从一只摇晃的灯泡上放下来，
跑过床罩，到铁床架下面去。
灯泡忽开忽关，微微弱弱。

---

① Santa Lucia，那不勒斯市一街区。

水轰然冲进水箱。

我们在砂枕上躺得更近,
重重地呼吸,企望着——
波浪最后的高高一跃涌过防波堤,
海涛耸立的滩头低落的轰鸣,
那突如其来的战栗,当峭立的海崖崩塌,
而飓风将死的麦秸钻进活的松树里。

东西

突然它们就飞过来了,像一条长长的烟带,
追着一样东西——那是什么?——小得像一只云雀
在蓝色的大气之上,在更远处的薄雾之中,
一样东西出入视野,
在日暮的金色云层间忽闪,
然后兀自疾升而抛离那些执著的追随者,
径直飞入太阳而令它们困惑一时
于是它们漫无目的盘旋了近一分钟,
最后终于发现,用他们可怕的细长眼睛
那小东西正向一座山丘俯冲而去,
它们便又再往那边沉落
排成一线紧追不舍。

随后第一只鸟
进击;
随后是又一只,又一只,
直到什么都不剩下,
连那么远飞来的羽毛都不见。

然后我们转向我们的野餐
马沙拉[①] 浸渍的小牛肉和一个长菜盘里排好的云雀仔,
我们畅饮着干涩的酒

---

① Marsala,以意大利西西里岛马沙拉城为名的葡萄酒。

我用棍子戳一朵四瓣尖儿的鲜花边上的石头，
一头黑公牛蹭着下方山谷里的一道墙，
而蓝色的大气变得暗黑。

狗鱼

河流转向,
留出一个地方让眼睛休息,
一个满是青苔的,一个岩石的池塘,
一块水的低地。

螃蟹侧身进食,悠然,
而小鱼躺卧,没有影子,一动不动,
或是懒散地飘荡进出野草丛。
河底的石头微光掩映它们不规则的条纹,
半沉的树枝弯折避开凝望者的眼睛。

一片让自我弃绝的景象!——
而我倾身,差一点入水,
我的眼睛总是透过表面的反射;
我倾身,并热爱这些多样的形体,
直到,出自一个黑暗的海湾,
从一段青苔的原木后面,
随着一道蜿蜒的细浪,继而是一股湍流,
一阵汹涌激起整个池塘,
狗鱼进击。

整个早晨

这里在我们渐老的街区里斑尾林鸽与我们同住,
他深喉的咕咕轻语是清晨的一部分,
远处,近在咫尺,他的啼鸣飘浮在即将到来的交通之上,
这美丽到悲怆的哀诉以规律的间歇道来,
一份来自往昔的抗辩,一个提醒。

他们高坐,三只或四只,在房子后面的枞树上,
每当一辆汽车奔行得太近便重重地鼓翼而去,
其中一只朝着花园,高高的杜鹃花降落,
只为飞越而过去往他最爱的栖木,一支电线杆的横杠;
庄严肃穆,僧侣一般,一个亚述雕像,
一件石头或木头刻成的事物,有着抛光已久的木料的晦暗光泽,
望向你却并不转动他的小脑袋,
用一只圆圆的莺雀眼,安静而收敛,
风景的一部分。

而斯泰勒蓝鸦[①],嘎声刺耳,脑袋棕黑,也跟我们同住,
与邻近的猫展开旷日持久的鏖战,
贯穿整个交配季节,
发出一阵喧嚣要将死者唤醒,
为了引开投向那些短尾荒诞的幼仔的觊觎
后者深藏在黑莓丛中——

[①] Steller jay,由德国博物学家斯泰勒(Georg Wilhelm Steller,1709—1746)记录而得名的北美鸟种。

好一阵沿着排水管的奔突与拍打,
一场松鸦的乱暴,扑上扑下嘶叫不停,
当我们的雌阉猫在阳光下打着哈欠伸着懒腰——
而鸫鹩叱骂,而山雀欢闹又嬉戏,
轻快地跃过高高的树篱,嘀嘀个不停,
而华盛顿湖①左近的鸭子在一场雨后摇摇摆摆走过大路,
阻挡着交通,怒气冲冲像糊涂的老太太一般,
啄着面包皮和花生,它们的绿脖子闪亮;
而蜂鸟降落到椴梓树里面与周围,
紧贴我的头边转向,
随后嗖的一声从斜刺里飞到山楂树顶上,
它近于无形的翅膀,嗡鸣着,断续击打着散落的树叶——

一场众鸟的谵妄!
周遭的河乌来到矮草地上休憩,
它们的脑袋鸽子般一点一点;
鸥鸟,鸥鸟远离它们的海浪
一路飞升,带着刺耳的啼鸣盘旋而去,
降临一片草坪:

既非春季亦非夏季:那是永远,
有唧鹀,燕雀,山雀,加州鹌鹑,林鸽,
有鸫鹩,麻雀,灯草鹀,雪松蜡翅,扑翅䴕,
有巴尔的摩金莺,密歇根歌雀,
和那些永逝的鸟儿,
旅鸽,大海雀,卡罗来纳长尾小鹦鹉,

---

① Lake Washington,位于西雅图以东。

所有的鸟儿都被记忆,哦永不忘却!
全在我的院子里,属于一个永恒的星期天,
整个早晨!整个早晨!

宣示

众多的到来让我们活着：树变化为
绿色，一只鸟轻压最顶尖的枝条，
一粒种子催迫自身超越自身，
鼹鼠开掘自己的路穿过最黑暗的地面，
蠕虫，泥土的强韧学究——
这些类比是否令人困惑？一片有云的天空，
月亮的运动，和游戏的波浪，
一阵海风暂留在一棵夏日的树中。

是什么就做什么该做的别无所需。
身体移动，哪怕再慢也好，向着欲望。
我们抵达某物而不知所为何来。

歌

歌从何而来？——
来自眼泪，远不可及，
来自吐舌的猎犬，
来自猎物微弱的哭嚎。

爱又从何而来？
来自街上的泥污，
来自螺栓，卡在它的沟槽里，
来自我脚下的杂种狗。

死又从何而来？
来自可怕地狱的入口，
来自无呼吸的鬼魅，
移转向南的风。

出神

1

我们曾在一小团火里数出几支火焰。
问题本是,问者何在?——
——当我们驻留却又离去,
我们所为是否比我们所知更多,
又或者身体不过是一个运动在一只鞋中?

2

天堂的边缘曾比一柄剑更锋利;
神性本身邪恶,荒谬;
然而一种爱的渴望
曾在心中升起,
曾升起又飘落如一阵无定的风。

3

我们挣脱了官能;
离去之际,我们耽留;而夜化为昼;
我们漫步活的境地;
石头轻声响起;
树叶,树木将我俩的形体回转。

4

我们注目一个光点于是美好的
主体和客体便歌舞如一体；
慢慢地我们移动于
未见与所见之间，
我们身体轻盈，领受月照。

5

我们渺小的灵魂躲开了它们的苦痛，
然而上升是一切爱的天性：
存在着，我们终于成为
永恒的一部分，
而与我们同死的是死的意愿。

瞬间

我们经过了痛苦的寒冰,
而抵达一处黑暗峡谷,
我们在那里随大海歌唱:
那宽阔的,那荒凉的深渊
随我们的慢吻移转。

空间曾与时间鏖战;
午夜的铜锣敲响了
赤裸的绝对。
声音,寂静歌唱如一。

一切皆流淌:在外,在内;
身体遇见了身体,我们
创造了将来之物。

还有什么要说的?
我们在快乐中结束。

IV

序列，有时是形而上的

在一个黑暗时间

在一个黑暗时间，眼睛开始看见，
我在渐深的晦黯中遇到我的影子；
我听见我的回声在回响的林中——
一个自然之主在向一棵树哭泣。
我活在苍鹭和鹪鹩之间，
山丘的野兽和洞穴的毒蛇之间。

疯狂是什么，若非灵魂的高贵
与周遭格格不入？白昼起火！
我知道纯粹绝望的纯粹，
我的影子被钉在一堵出汗的墙上。
岩石之间那个地方——是一个洞穴，
还是曲径？锋刃是我的所有。

一场万物相应的持续风暴！
一夜流淌着飞鸟，一枚破烂的月亮，
而光天化日下午夜又重来！
一个人走得远远的去发现他是什么——
自我之死在漫长，无泪的一夜，
所有自然之形都迸射不自然的光。

黑暗,黑暗我的光,更黑暗我的欲望。
我的灵魂,像某一只热疯了的夏日苍蝇,
在窗台上嗡鸣不停。哪个我才是我?
一个堕落之人,我爬出我的恐惧。
心灵进入自身,而上帝进入心灵,
于是一人化为一,自在于撕裂的风中。

在傍晚的空气里

1

一个黑暗主题将我留在这里,
尽管夏天在莺雀眼中燃烧。
谁会让他的一半
被自己的赤裸占有?
苏醒是我的担忧——
我会奏一段破碎的音乐,不然我会死。

2

小家伙们,再躺近些!
将我,哦上帝,造就为一件最后的,一件单纯的
时间无法淹没的事物。
有一回我超越了时间:
一颗蓓蕾绽放成一朵玫瑰,
而我自上一次衰颓升华而起。

3

我俯视远处的光
我观看一棵树的黑暗面
远在那边一片汹涌的平原,
而当我再次瞭望,

它已消失在夜色里——
我拥抱夜晚,一份挚爱的亲近。

4

我站在一堆低火边
数着火焰几缕,我也看
光在墙上如何移转。
我命令寂静寂然不动。
我看见,在傍晚的空气里,
黑暗如何缓缓降临在我们所为之上。

结局

1

我是否在永恒事物上过于能言善辩,
一个空气与其所有歌曲的密友?
纯粹的漫无目的追索又追索
而一切贪得无厌之血的狂野渴望
令我双膝跪地。哦谁可以既是
飞蛾又是火焰?弱小的飞蛾逝去。
我们爱谁?我以为我知道真相;
我死于悲伤,但无人得知我的死讯。

2

我曾看见一个躯体在风中舞蹈,
从我的自然之心中唤起的一个身影;
我听见一只鸟在它真正的禁锢中扑打;
一只雏儿叹息——我将那雏儿呼为己有;
一只鹧鸪击鼓;一条米诺鱼拱它的石头;
我们舞蹈,我们舞蹈,在一枚舞蹈的月下;
而在残暴无度的黎明来临之际,
我们曾一起舞蹈,我们舞蹈持续又持续。

3

早晨是一个动作在一颗快乐的心中:

她留在光明里,如树叶活在风中,
在空气里摇摆着,像某种长长的水草。
她离开了我的身体,轻于一粒种子;
我给了她的身体完满而庄重的告别。
一阵风靠近过来,像一只害羞的动物。
一棵树上的一枚轻叶,她抽身离开
去往另一个日子那些黑暗的开端。

4

自然可曾友善?心的内核可曾易驯?
所有的水都摇摆,所有的火都失败。
树叶,树叶,且俯身教我,我是什么;
这一棵孤树化为最纯净的火焰。
我是一个人,一个时不时踱步的人
在一个房间,一个四壁死白的房间里;
我感觉到秋天失败——那慢火尽遭
否弃于我体内,这已然否弃了欲望的人。

运动

1

灵魂有许多种运动,身体有一种。
一只风吹凌乱的老蝴蝶曾飞落
搏动它的翅膀在尘埃的地面上——
灵性的这般延展不发出任何声响。
单凭欲望我们便保持思想活着,
并让满腹悲愁透入爱的确凿之中。

2

爱生爱。这份苦刑是我的欢悦。
我望着一条河将自己蜿蜒送走。
为与世界相遇,我在心中升起;
我听见一声呼叫又任它随风而逝。
我们放下的,我们是否定要重拾?
我敢于拥抱。凭借阔步,我长留。

3

除了被爱者谁又知道爱是一次远行?
谁老到足以活着?——一件尘世之物
知道万物是如何在种子里面转变
直到它们抵达这最终的确信,

这伸展超乎这死亡,这爱的行动,
所有的生灵都将它分担,并由此活着,

4

无羽的翅膀在阳光下吱嘎作响,
近处的尘土飞舞在一块无日之石上
上帝的夜与昼:循着这个空间祂曾微笑,
希望拥有它的寂静:我们穿过它宽广的昼日,——
哦谁又会从孩子那里夺走幻象?——
哦,运动哦,我们的机缘仍待将来!

病弱

在极纯粹的歌曲中人们扮演持久的愚蠢
当改变微微闪烁于内在的眼中。
我凝望并望穿一座愈来愈深的水池
并告诉自己我的影像是死不了的。
我爱我自己：那是我的一份持久。
哦，要存在为别的什么，却依然存在！

亲爱的基督，为我的病弱而欣喜吧；
我牵挂而呼为己有的东西已所剩无几。
今天他们从一个膝盖里排光了液体
并抽吸了一个装满可的松①的肩膀；
就这样我依从了我的神性
凭借向内而死，就像一棵老去的树。

那瞬间在活着的眼中老去；
光在它的轮回之上，一种光的纯粹极限
迸发在我之上当我消瘦的肉体崩摧——
灵魂以那极限为乐。
驯顺的人有福了；他们应当承袭暴怒；
我是儿子和父亲之于我唯一的死亡。

一副太过活跃的心智绝非心智；
深邃之眼看见石头上的微光；
永恒者探寻，并发现，那暂时者，

---
① Cortisone，一种治疗关节病的激素。

缓慢的月亮从暗到亮的转变,
死去了,对于我自己和我最珍视的一切,
我移行超乎风与火的所及。

深在夏天的绿色里那些歌唱的生命
我都爱上过。一只莺雀磨它的喙。
美好的白昼在树叶上保持平衡;
万籁俱寂时我的双耳依然听见那只鸟;
我的灵魂依然是我的灵魂,依然是人子,
对此心知肚明,我却仍未遭毁灭。

没有手的事物牵手:别无选择,——
永恒并不会轻易地顺道来访。
当对立者突然间各就其位,
我教我的双眼听见,我的双耳看见
身体如何从精神里慢慢解脱出来
直到我们最终成为纯粹的精神。

决定

1

何物可震撼眼睛,除了无形之物?
逃离上帝是世上最长的里程。
孩提时一只鸟时时前来造访我——
长尾霸鹟从它的啼鸣中缓缓撤退,
我也总是无法将那声音赶出我的头脑,
树叶在一阵轻风中昏睡的声音。

2

上升或下降都是同一门科目!
我的视界线变得越来越细!
路是哪条?我呼叫可怕的黑色,
变化不停的阴影,我背后的炭渣。
路是哪条?我发问,转身欲走,
如一个人转身面对即将到来的雪。

骨髓

1

从海边吹来的风说不出什么新东西。
我头顶的薄雾用它的小苍蝇唱歌。
来自一棵烧焦的松树一只乌鸦的锋利言辞
告诉我说我的酗酒会养成一份死意。
什么是这凡尘一生里最坏的命数?
一个忧愁的情妇,和一个尖叫的妻子。

2

一张白皙的脸比太阳更闪亮
当凝望眩灭我全部的所见;
太过靠近的一眼能将我的灵魂带走。
冥想着上帝,我或可成为一个人。
疼痛漫行我的骨骸像一团迷路的火;
现在何物将我燃烧? 欲望,欲望,欲望。

3

我的上帝之上的神主,你还在吗?
入睡是我的全部生活。在睡的半死中,
我的身体转变,转变着那副灵魂
后者原可用它细小的呼吸融化黑暗。

主啊,听我说完,今天听我说完:
从我到你是一条漫长而可怕的路径。

4

我已从苦痛与爱中被抛掷而回
当光在一棵遭风暴蹂躏的树上分裂。
是啊,我已宰杀了我的意志,而依然活着;
我会在近旁;我闭上我的双眼去看;
我流泄我的骨骸,它们的骨髓要奉献
给那个上帝,祂知道我会知道什么。

我曾等待

我曾等待风移动灰尘；
但并没有风到来。
我似乎在吞食空气；
草地昆虫发出一片均衡的杂音。
我升起，一副沉重的巨体，在田野之上。

就仿佛我曾尝试在干草里行走，
深埋进草堆，每一步都下得更深，
或漂在一座池塘的水面之上，
慢而长的涟漪在我两眼里眨动。
我曾透过流水看见万物，被放大了，
煜煜发光。太阳烧穿一片阴霾，
而我变成了我所观望的一切。
我目眩于一块石头的眩光。

然后一头公驴嘶鸣。一只蜥蜴跳过我的脚。
慢慢地我回到尘土的道路上来；
而我迈步时，我的双足仿佛深陷在沙中。
我移行如某一头因炎热而困乏的动物。
我走了，并未转头回望。我害怕。

道路在石壁之间愈来愈陡，
随后沿着一道岩石峡谷兀自消失。

一条驴径通向一个小小的高地。
下面,明亮的大海曾在,平稳的波浪,
而四面的风都向我涌来。我曾喜悦。

树,鸟

升起,升起,石头的原野升起了,
而每只蜗牛都朝我垂落它纯粹的触角。
美好的光将我迎接,当我走向
一声细小的召唤,出自一朵浮云。
我曾是一根指着月亮的手指,
乐享悠然,一个自我陶醉的人。
而在叹息时,我却站在我的生命之外,
一片不曾被午夜的风景改变的树叶,
属于一棵依旧暗黑,寂然,死寂的树,
驱策着空气,一棵置身于同类间的柳树,
负载着它的生命等等,一个双重声响,
与风,还有凄凉呼啸的冷雨是一族。

柳树连它的鸟儿渐响,并且愈来愈响。
我无法忍受它的歌,后者不停转变
随着空气的每一次变向,那些拍打的翅膀,
我的午夜双眼后面寂寞的嗡鸣;——
那静谧呼叫的母根扎得多深!

当下崩溃,当下溃散;
升起的白昼的运动多么纯粹,
白色的海在一道更远的岸上加宽。
那只鸟,那只扑腾的鸟,伸展开翅膀——。
就这样我隐忍最后这一个欢乐时段,
一件终极事物的可怕维度。

恢复

在一只像碗一样的手里
舞动过我自己的灵魂,
小得像一个精灵,
就它自己。

当她以为我在思考时
她倒下仿佛中了枪。
"我只有一片翅膀,"她说,
"另外那片已经死掉,"

"我已伤残;我飞不起来;
我就跟死了一样,"
灵魂放声哭叫
从我像碗一样的手里。

当我暴怒,当我哀鸣,
而我的理性沦丧时,
那微妙的小东西
又长出了一片新翅膀,

并且舞动,在正午,
在一块灼热,蒙尘的石上,
置身于那静止的光点
在我最后的午夜。

正确的事

让别人去探索那谜团吧,若他们可以。
被时间折磨的应当与愿意的囚徒们——
正确的事总发生在快乐的人身上。

鸟儿飞走,鸟儿又飞回;
山丘化作沟壑,而静止不动;
让别人去钻研那谜团吧,若他们可以。

上帝保佑根本!——身体与灵魂是一!
小者变大,大者变小;
正确的事总发生在快乐的人身上。

黑暗之子,他可以飞越太阳,
他的存在是唯一,那存在又是全体:
正确的事总发生在快乐的人身上。

或者他静坐不动,一个坚实的形象
当自毁者摇撼共有的墙垣;
能占有什么谜团他就占为己有,

并且,赞美变化当缓慢的夜来临,
祈愿他所愿,放弃他的意愿
直到那谜团不再:他再也无能为力。
正确的事总发生在快乐的人身上。

再一次,回转

何物更美妙,卵石还是池塘?
何物可以知晓? 未知。
我真正的自我奔向一座山
又一座! 哦更多! 可见。

此刻我崇敬我的生活
有鸟,长留的树叶,
有鱼,求索的蜗牛,
还有改变一切的眼睛;
我还与威廉·布莱克共舞
为了爱,为了爱的缘故;

而万物尽归于一,
当我们继续跳舞,继续跳舞,继续跳舞。

未结集诗篇

轻诗

篱中的鹩鹩之歌：一场蝴蝶求爱的轻度狂喜，
蚂蚁和蜘蛛的轻推与轻触，
翅膀的扑腾与微微颤动的种子，
小螃蟹滑进水坑里——
俯冲着，翻飞着，进袭着的一切。

液体将我追逐，鸣音与战栗：
我被婴儿和罐壶的咯咯之声消解，
一支风干的茎梗在一片柔草的混乱里，
想要旧林的安静或没有水的石头。

（日期不详）

严酷之国

曾有一种石头的坚硬,
一份不确定的荣耀,
玄武岩和云母的闪烁,
和乌鸦的光泽。

在光的峭壁之间,
我们像孩子一样迷了路,
感觉不到粗糙的页岩
像剃刀一样割人,

因为一座淡金山丘曾召唤
如一座巨大的灯塔,
在沧海变迁中移转,
从未照得更远。

然而为此我们却行走
怀着希望,而并不孤单,
在我们自己的国度,
在一个明亮石头的国度。

(日期不详)

二重唱

她： 哦你小的时候，你真的很大；
 现在你向钱跑去，是吉格，吉格，吉格；
 你正在变成那种恐怖，一只两脚猪：
两人： ——即便有索伦·克尔恺郭尔①。

他： 我会面对这一切，和神圣的荒诞：
 你若是一个副词，我将是一个动词，
 我会抬起下巴啐口水越过街沿，
两人： ——然后合上那一章克尔恺郭尔。

她： 我们要驶离那道可怕的
 多重选择与非此即彼之岸
 去到无知者伸懒腰打鼾的地方
两人： ——而从无一念想到克尔恺郭尔。

她： 我是棚屋爱尔兰人
他： ——和 *pissoir*②法国人？
她： 我是一个咆哮的女孩，一个昂贵的妓女，
两人： 但至少我们知道一个人无需退缩
 ——心怀恐惧与战栗，亲爱的克尔恺郭尔。

她： 一个禅的情妇，我要啃你的拇指，
 我要跳上你的肚子，我要踢你的屁股

---

① Soren Kierkegaard（1813—1855），丹麦哲学家。
② 法语："小便池"。

直到你来到来世天国之地。

两者：　——远在彼端，哦彼端！亲爱的克尔恺郭尔。
他：　　我的壶，我的蜜，我的啤酒罐，
她：　　我的前存在主义者亲密亲爱的，
两者：　万一焦虑圣母什么时候逼近过来
　　　　我们会给彼此一个盒子装在耳朵上，
　　　　——以纪念克尔恺郭尔神父。

（日期不详）

第二型

用爱的机器将爱度量,
我由骨骼与皮肤打造了

一个过敏的受体
对于一切可能是美丽的事物,

上了弦的神经更适于接收
一份心灵无法相信的爱。

并无宇宙的属性,并无大脑
拱曲在身体的苦痛之上,

唯有此肉,察知感觉
在诠释爱的暴力,

由这血的奇迹构成,
我的坚韧之引擎。

我调校这架精密仪器,——
我闪耀直立的身体弯曲
记录激情的元素。

但无肉的物质依然获胜,——
感觉的仪器已然失效!

无限的恐怖刺穿我的身侧,
这团孤单的肉已被否弃!

心灵强加了一架单独的衡器
以度量爱的人形暴怒,

随即配置了一份清单
给我骸骨的愉悦,

由一种纯粹的控制引导
这团有限的肉,这无限的灵魂!

《斯瓦尼评论》(*The Sewanee Review*) 1932 年 1—3 月号

束缚

否定的树,你是信仰
为一份铁的悲哀所生,

一个多样混合的事实
被拒绝了迅捷行动之利。

以可怕的精确,你
能将一块老去的岩石切为两半;

然而在你默然的丰沛里却有
静谧,肯定而明澈。

你是一份永恒的忧伤被推远
超越尘土的无梦之境。

你是一只鸟,被牢牢束缚,
鸣唱着无声土地之歌,

并筑一巢于贫瘠的石头里,
却并不养育骨肉亲族。

你是一只被否弃的鸟,
呈飞翔姿态的尘世之血。

《诗歌》(*Poetry*) 1932 年 9 月

转瞬即逝

她心灵的柔顺美德
天真而又狂野,
一个易弯的幅度被拘限
在元初的孩童之内。

明彻的骚动与敏捷的想象
照亮她的路径。
她跑到尘世的万物之外
在奇怪无心的游戏里。

她走别人谁也不会走的路
围绕着重要的恒星——
哦情人,跟在她身后,
因为她只会经过一次!

《诗歌》1932 年 9 月

离开一家疗养院时的诗行

自我凝注是一个诅咒
令一个旧日的困惑更糟。

斜躺十分不雅
并会导致头脑中的错误。

长久谛视天花板
终将诱发一场精神疾病。

镜子呈现某一真相,但并不
足以博得持续的思考。

开始憎厌起自己的人
会越来越恶心肉体和精神两者。

解剖是一种美德
当它在别人身上进行的时候。

《纽约客》(*The New Yorker*)1937 年 3 月 13 日

水疗中的冥想

一天六小时我将我放倒
在这浴缸里却淹不死。

我僵硬脖颈上的冰帽
起到保持我清醒的功效。

这水,像我的血一样加热了,
让我复原回归真与善。

在这初始的元素之内
肉体愿意悔改。

我不笑;我不哭;
我正流汗出掉死意。

我的过去正滑入阴沟;
我很快会再次成为我自己。

《纽约客》1937 年 5 月 15 日

信号虽非信号

我们为一个信号叹息：为悬在云中的字
为傍晚的灯塔，为鸟儿，
为大写在早晨天空之上的希望，
为鼓声，为太阳，为指向平和的手。
信号虽被撤回，可见的糖被否弃，
却并无信赖遭背叛：
并非太阳的爆炸而是一个徐缓的黎明，
并非误入歧途的机遇而是慢转的变迁。
新的地标会在冰寒浩劫之后浮现，
一派欣喜的丰饶会从心核涌流
新的信仰会铺展，真理萌动绽放。

《斯瓦尼评论》1938 年 1—3 月号

暂歌

我已走过我最宽广的疆域，
但风景却依然毫无改变。

擦过我脸庞的枝条
我曾由一个遥远的地方看见，

但从没有近过一英里。
我在它的树皮上倚靠片刻。

最后荒废的轮辙消失。
雨打的岩石铺开锋利而空旷。

我的眼已经习惯了这般景象：
我站在熟悉的树木之间。

两棵风吹的铁杉排成一扇门
通向我快要探寻的国度。

《诗歌》1938 年 12 月

音讯递送者

身为消息的先期搬运者,
你遭受邻家的嘲笑。
有财产的人全都拒绝
赞同你最小的决定。

你的信念被当成无脑
在街角商店的流言之中。
拉起客厅遮帘的主妇
用一副诡异的眼神打量你。

他们不听你的警告,或
认可你为伤害的慰藉;
但他们总要先把你找到
在第一声闹钟的黎明之前。

平凡常识的监护者,
你揭露我们的虚伪之行,
并测度一代人的心境
你是善的兆示先驱。

《诗歌》1938 年 12 月

召唤

现在所有热爱至善者——
老人与叛逆的青年——
都必须沉思那
纵容邪恶的破坏:
人性堕入泥沼,兽性
被提升至崇高,
模仿者有样学样,
直到失尽理智,
良善者日渐粗鄙,——
这一切我们可以明辨。
我们一步步慢慢学会
沦丧的全部范畴。

虽说我们的小智慧
或许会抵消信仰,
简单的行动却可挽救
生命的传承。
将秘密放到一边,
心就变得不那么愚钝;
而眼眸的炽烈
亦获得更好利用。
被否弃已久的激情,
从来不动的嘴唇,
仇恨与骄傲——

这些都能被转化为爱。
现在我们必须召唤所有
我们的力量,由宽至长,
并行走,立得更直,
确信人的强大。

《诗歌》1938 年 12 月

第二道影子

从完整的高度投在田野上，
橡树叶随我们的视线转动。
太阳令它们倍增于陆地，
它们的阴影比一只手更宽，
影子从左边移到右边。

一百年，对这同一个声音，
树重复它每日的轮回，
旋转的阴影的戏剧。
一百年它的树叶被铺
在地面丰盛的巨量之中。

但是人投出第二道影子
超乎他所知的有形：
心，不受羁绊，可以飞越
反复无常之网
而摇动将他抱紧的阴影。

《诗歌》1941年2月

流言

秃鹫似的脖颈伸开;卑鄙的眼汇聚,
漂浮在树篱上,巫女般,一枝接一枝,
从污秽的窗间垂落;渴欲私刑;

或缩窄为一道黑暗爬虫似的凝望,
滑行,亮出毒牙,从桥楼茶室到商店。
受害者行走,他凝固的脊椎隐隐察觉。

这个笨手笨脚的人究竟做了什么
能让这些恶毒的冷眼融合为一,
将他冻结与刺穿如一颗邪恶的太阳?

《诗歌》1943 年 11 月

夏日学校女士

她们的举止可以招来轻易的嗤笑，
集结如生癣疥的骆驼，一班又一班，
握紧金冠的钢笔，纠结每一个词，
把所有陈腐的笑话写下来，现身
焦急又汗淋淋结束一个简单的测验，
　　　狂饮她们的可乐，茫然直视。

因为她们，整个冬天，遵循另一种律法，
一种无人相信的可怕虔诚；
身为公众良心，古板而奇异的处女；
守口如瓶，她们在四十五岁赋闲，
换上校园的装束，拍松渐老的卷发
　　　并梦想变得厉害。

没有人，出于礼仪，会开口指责
那少女般的媚笑，袴子，荒唐的贝雷帽
那些人在我们的阴郁城镇里保留着，
　　　有如英雄，一种文化：
拉上紧身裤，擦鼻子，早餐涂面包；
拆解仇恨并系上不情愿的头发；
挺过那些傻瓜，那些阴郁的怪人拥趸
并解救幼童，通过爱，于他们父母之手。

《诗歌》1943 年 11 月

歌

1

这夏日的美好部分正
在她皮肤里酣睡,
一个云雀般甜蜜的情人,假如曾经有过。
那源泉
垂挂在它的发际;
水流繁忙
在美丽石头的所在。
我躺卧在一张嘴的北面,
听见一阵聒噪的鸟啼。

  要弄清,像一条鱼一般,
  肥树叶拥有什么,——
  还会怎样,草地之形?

2

我们取自天使的那一天:
光彻夜停留,
摇着盛放的花朵;
大海在它的洞穴里吠叫。
我向稻草歌唱,
在世最合宜的呆鹅。

迷人者逃得多快!
我在我睡的最后一觉里见过
我们自身目瞪口呆的国度。
在一段脖颈的柔和懒散中我睡了。
她的怀抱造就了一个夏天。

跳舞孩童的桥梁何在?
锋刃是我们所有之物。
在灰色里则不然,
那瞬间聚拢。
我静止,
静止如风的中心,
静止如一块泥中深陷的
石头。

  死者会以自己的方式醒来吗?
  我用寒冷来温暖自己。
  救赎这位教员,
  爱。

3

爱令我赤裸;
亲缘是一个严厉的主人;
哦我们藏起来对自己唱的歌曲!——
这些是只有一个圣徒才会提起的事情吗?
我是否沦为榜样的耻辱?

我身上依然打着睡眠的污斑：
且将我炫示给慈悲与一颗完整的心！
这是我幸运的最后一吻：
亲爱的，现在愉悦我吧。
小灌木林中的鸟儿
困惑他自己：

万物皆脆弱，静止；
灵魂有自己的光芒和形状；
而藤蔓攀缘；
而巨大的树叶取消了它们的茎梗；
而曲折盘绕
可救人。

《暗店》（*Botteghe Oscure*）1951年

致一位选集编者

是的,甚至魔鬼也该有他的公道,
尽管我已经拥有了需要的全部赞美:
你不喜欢我;我不喜欢你,——
然而,我还是希望你读过了我!

《诗歌》1951年2月

低能儿

1

她连同她比蹄子更硬的腿股,
转身,老鼠般警惕,——
受到何物的提醒?
某件古老事物的黑暗之心
留在她的肉体中;
她的选择低语。
想想空气的任务!——
当她迈步走进夏天,
哦明显之极。
她倾身探入光里,活着,
她的天堂感觉纯粹如一块石头。
长骨头最可爱:我爱长骨头。

2

一个不幸者需要他的不幸。是的。但这副形体
总将我摇醒。哟嚯,田野是我的朋友,
而仙客来叶子闪烁如幼龟的背壳。
我已凭借长久的凝望恢复了我的温柔;
我是一个个细小愤怒的苏格拉底。
波浪带着鱼弯折。我受教
当水教导石头。相信我,最极端的黄莺,

我在一个干燥的日子里能听见光。
世界就在我们抛下它的地方；我要出发去我的所在
你们整日的云雀，你们端正的歌鸲，
你们这些鸟，
留心这个男人！
我的言说必定是：
我将在风之外歌唱
才智高妙的事物和月亮的变化。

3

可悲的是灵魂的欢乐。被爱的心，我还能说什么
对你这平静的野草莓树，神秘如一块石头？
身在一棵树内是什么感觉？
我没法像一条洁癖的狗一样埋掉这神秘的骨头。
尽我所能我歌唱，
当岩缝随着大海膨胀，
而太阳触摸蜥蜴的咽喉，它一半没入阴影的尾巴。
这是给猫狗的食粮吗？
这并非轻慢之举。

这小巷里亲爱的麻雀，
在这意义上我是一根茎杆。
多么自由！多么完全孤独！
靠近光的远端，
靠近一切存在之物，
我已抵达存在。

苹果们！当心点！
她越来越近了！
是不是要把百合带走？
是不是要把
鸟儿带到水淋淋的空气里？
你们鱼类啊，再温柔一点。
小的！小的！
我听见它们在歌唱！
绝对是鸽子
偏航的鸟儿，
藤蔓盘旋连着它的果实；
她有她落叶木般的甜美，
她的指甲比贝壳更亮，
她竟刺破了一朵云！
刺破一朵云。
一朵云。

《暗店》1952 年

亚当的愚行

1

读欧里庇得斯①给我听,
或是这样一个老傻蛋
他还记得起那是什么感觉
假如跳出自己的皮囊。
诸般事物都对我说话,我发誓;
可我又何必在此呻吟,
甚至都没有喘不过气来?

2

何为节杖与冠冕?
不过是那种挑起来的东西
在一根赤裸的茎干之上:
玫瑰跃向这个女孩;
尘世的生命尽在她之内;
一根棘刺自在于风中,
悠然相伴流动的一切。

3

我曾对一支萎缩的根说话;
啊,她曾经怎样笑看

---

① Euripides(约公元前480—约公元前406),古希腊戏剧家。

我凝望越过我的脚,
一趾入于永恒;
可当那根回应时,
她曾在她的皮下颤抖,
并移开了视线。

4

这场死亡的父与子,
灵魂每夜死去;
在浩大的白,平日
已知的所及之内,
什么鹰需要一棵树?
肉体生出一个梦;
所有真骨头各自独唱。

5

波塞冬只是一匹马,
一个驼背嗤鼻的大师曾笑言;
他那么在乎这份消遣,
他曾经整夜驱驰,归来
乘着大海的浪沫;
而当他抵达了岸滨,
他大笑起来,又一次。

《党人评论》(*Partisan Review*) 1954 年 11—12 月

为史蒂文斯干一杯

(将在一个年轻诗人沙龙里诵唱)

华莱士·史蒂文斯,他做了什么?
他能奏响嘈嘈切切;
他能看见第二个太阳
回旋穿越堂皇的云层。

他是想象的王子:
他能弹拨轻快嬉闹;
他如何翻卷字眼,
带来秘密——就在这里!

Wal ace, Wal ace, wo ist er? ①
从没见过他,亲爱的荷兰人;
假如我吃的喝的跟他一样,
我会是一只尚啼克利尔②。

  (齐声)
从面儿上就说得一清二楚:
这是个正经人但可以唱得够帅。
Er ist niemals ausgepoopen,
Altes Wunderkind. ③

---

① 德语:"华莱士,华莱士,他在哪里?"
② Chanticleer,11—13世纪古法语动物故事集《列那狐传说》(*Roman de Renart*)中的公鸡。
③ 德语:"他从未萎靡不振,/ 老神童。"

（听众）
暴吼她们，糟蹋她们，自命不凡的小子，
所有的缪斯，她们肯定都很爱他，
华莱士·史蒂文斯——我们拥护他么？
兄弟，他是我们的父亲！

《7艺》（*7 Arts*），1955年

回答

鸟儿，鸟儿不要逼我；
　我今天已经听够
　　你细细打磨的歌谣
将我粗糙的皮肤刺痛。

我不在外也不在内
　面对那简单的曲调
　　隐晦如一段鲁讷文①，
　浑圆而纯净如月亮，
又新鲜如盐渍的皮肤。

这让我不寒而栗；我发誓
　一曲如此大胆又赤裸，
　　却纤细有如孔雀草，
震撼每一种感觉。我是五岁
乘五这么一个男人。我呼吸
　这首忽然随意的歌，
　　就像你，鸟儿，我歌唱，
　　一个人，一个活人。

《新政客》（*New Statesman*）1958 年 9 月 6 日

---

① Rune，古代书写北欧日耳曼语族语言的文字。

哀歌

I

我愿赞美:
　　——那些会被迫跳舞
　　穿过一朵终极火焰的人;

　　——可悲的人,连同他们萎靡的
　　美;

　　——诗选的编纂者,怠惰
　　于他们的渺小之中。

　　——他们的街道流动着
　　冰,他们木然不动的孩子们凝望着远星,
　　他们的眼泪涌出
　　一支石脑油的蜡烛。

我愿赞美:
　　——神圣的朝鲜死者,
　　令他们的尸体衰老在
　　稻草里,在蓄意的
　　凝固汽油弹的粘液里。

　　——那最凉的滴落,
　　比风更凉——
　　胜过被风切割的流水翻腾
　　自冰川而下

　　（悠然如眼镜蛇的凝望）

——濒死者
最后的嘶叫。
濒死的
年轻人。

II

我还愿赞美拦截轰炸机的投弹者,夜里睡在朝鲜稻草房里——
  还有他们的看护医生:
第100个任务前的永恒等待;
起冻的石油眼光沉稳的搅拌者,他们眼光清澈的飞行员;
平泽① 运输线的守卫,从炮火连天的海岸
带来,由车队载送,他们的给养,给儿童的最后糖果;
我还愿赞美瘢痕瘤,跛行的儿童身上松弛皮革般的脊肉,
(好一场甜美的衰退,一场不可遏止的衰退!)
因为我记得,我回想,我曾被告知:
单单溅到一次等同于一个瘢痕瘤。
  我们全体的父亲,
    为此我愿让我们被宽恕。

III

而我也曾得到愉悦,代入性地,想到从濒死的躯体上冒出的
  甜美气味;
那些后撤的军队,它们将自己的死者留给了非洲沙漠上的苍蝇——

---

① Pyongtaek,朝鲜战争中北朝鲜军队曾在此击败美国军队。

从渐渐胀起的肚腹中升起的甜美排放:
那最为确凿的线索,对动物的鼻孔颇为友好,
正在如实地告诉他朋友或敌人不再潜伏,
而就躺在他自己可爱的骨头里,他不可爱的肉里;

  并在空间里孤寂,
  一个作战的人,
  一只鬣狗,
  出于习惯,
  在吃着。

  有些时候:

  在飘荡的雾中,
  在阴冷的冬日早晨。

IV

我还愿赞美环形的鞋带,
那最确凿的武器:
连同那睡着的——
或睡不着的——
哨兵。

《美国学者》(*The American Scholar*)1959年夏季号

她的梦

　　我下到河边
　　　　在温和的月光下;
　　柳树在我周身缠绕
　　　　六月中的所有气味;
　　但当我叹息着抬起双眼,
　　　　风景却已逃之夭夭。

　　我做过一个梦——你会相信吗?——
　　　　我梦见了一匹马;
　　一头狮子咬了一条蝰蛇;
　　　　我在悔恨中呼号;
　　我当时正驶上一座山
　　　　汽车是逆向而行。

　　我的后轮高高悬在
　　　　一道又黑又宽的深沟上;
　　似是一个为我而造的入口:
　　　　我引导自己进去,
　　在那里我看见,沿一条甬道直上,
　　　　一个新郎和一个新娘。

　　宾客们站起伸展他们的膝头
　　　　看见他们能看见的东西:
　　粗壮的新郎有一副

阴郁茫然的相貌；
新娘，可怜赤裸哆嗦的身影——
　　我发誓她跟我一模一样。

牧师蹙眉；他支支又吾吾；
　　他乱翻他的经书；
而每一张脸，都望向我
　　投来同样讥嘲的眼神；
当我试图掩饰我自己，
　　我站在那儿，打颤。

可突然教堂的祭坛开裂
　　随着一道尖锐的闪电；
柱梁被火球打上条纹；
　　一股烟味袭来；
钟磬开始兀自鸣响
　　在重天崩溃之前。

雨落下来，雨落下来，
　　新娘和新郎跪倒；
这时所有的宾客都裸奔而出
　　在一片闪烁的田野之上
去舞蹈与歌唱。而新郎叹息
　　当我的嘴唇开始倾吐。

《赫德逊评论》（*The Hudson Review*）1960年春季号

口水音乐

  我没有提琴所以
    我就弄了根小棍儿,
 然后我敲一个罐子,
    或猛砸一块砖头;
 需要换一下节拍
    我就给猫咪一脚。

    呜夫达嘟兜达
    呜夫达嘟兜达
    呜夫达嘟兜达嘟。

 无论何时我有感觉
    我都需要清早喝一杯,
 我弄张凳子坐下盯着
    洗手池旁的便盆;
 我把头倚在满溢的边缘
    对恶臭毫不介意。

    哦,便盆真是地方来思考
    太早喝酒的危险,——
    太早喝酒,太早喝酒,
    能让一个好男人消沉。

 我曾经拿根针去钓鱼

　　　　在一个旧痰盂的黑暗里；
我的手帕已经掉了进去
　　　　连同不止半个克朗①。
我凝望那凹陷的洞口
　　　　你认为我看到了什么？——
一种纯色，哦纯粹如金，
　　　　一种无瑕的颜色，
一种无瑕，瑕，瑕的颜色，
　　　　一种无瑕的颜色。
我凝望又凝望，你怎么认为？
　　　　渴意袭来，我得马上喝。
其实我看见了一座闪烁的湖
　　　　是粘液跟吐出来的口水，
我跪下来真的享用了
　　　　一点类似的东西。
让我想起了——可是哦！
　　　　我会闭上我的大嘴。

这事发生在哦，在博芬镇，
　　　　那颜色，众位甜心，是吉尼斯②棕褐，
但它有一种独有的味道，
　　　　当我将它吞咽，当我将它吞咽。
在那里我双膝跪地，一个名人，
　　　　我当真享用了它，我当真享用了它。

---

① Crown，英国、瑞典、丹麦等国的货币。
② Guinness，英国黑啤酒品牌。

哦，便盆真是地方来思考
太早喝酒的危险，
太早喝酒，太早喝酒，
会让一个好男人消沉。

《诗歌》1961年8月

萨吉瑙① 歌

在萨吉瑙，在萨吉瑙，
　　风吹上你的双脚，
当女人们摆好一餐，
　　每只盘里都有豆子，
若你吃的比该吃的多，
　　毁灭就完全彻底。

出铁杉路②有一道水流
　　有人曾叫它天鹅溪③；
乌龟有水蛭的疮，
　　和满是苔藓的脏脚；
迁徙的野鸭的下腹
　　出水全都乱糟糟。

在萨吉瑙，在萨吉瑙，
　　酒吧侍者毫无恶意；
但他们自有办法表示
　　在你举止不得体时：
他们扔你穿过玻璃门脸，
　　然后把账单寄给你。

---

① Saginaw，密歇根州东部城市，诗人的出生地。
② Hemlock Way，萨吉瑙郡的公路。
③ Swan Creek，萨吉瑙郡的小河，又名圣约瑟河（St. Joseph River）。

莫雷与巴路士两家
　　　是这里的贵族；
这很合适因为他们不比
　　　你我的同类更坏，——
一扇画窗是那么一样东西
　　　你想撒尿就不可以拉起。

在萨吉瑙，在萨吉瑙
　　　我去圣迪礼拜堂；
我学到过的唯一事情
　　　被称为黄金法则，——
但那对谁都绰绰有余
　　　不是十足的傻瓜就行。

我把认捐卡放在我的单车上；
　　　我还曾帮忙记过账；
那些小气的成员在签字时
　　　现出他们小气的表情，——
最大笔的捐赠来自
　　　本镇最大几个坏蛋。

在萨吉瑙，在萨吉瑙，
　　　家里从来一个屁都没有，
因为假如这事真的发生，
　　　会把这地方炸成两半，——
我遇到了一个能放屁的女人
　　　而她就是我的甜心。

哦，我是世界的天才，——
　　对此我可以肯定，
但是呜呼，哀哉，我背痛，
　　我常常是一个醉汉；
但是当我死去——那不会很快——
　　我会和亲爱的汤姆·摩尔同唱，
　　跟那可爱的人，汤姆·摩尔，

结尾：
我父亲从没使过棍子，
　　他用他的巴掌掴我；
他是一个彻头彻尾的普鲁士人
　　懂得如何发号施令；
我每天跟在他后面跑
　　当他走过我们的温室国度。

我曾见云中有一个人形，
　　一个孩子在她的胸脯上，
而那就是哦，我的母亲哦，
　　而她半褪下了衣衫，
所有女人，哦，都是美的
　　当她们半褪下了衣衫。

《相遇》（*Encounter*）1962年1月

三首隽语诗

1. 小吹手

瞧那个批评家,起调如阉人歌手,
盛气凌人的小年轻,虽说已近四十;
他在一个活人脑袋上不怎么堆砌荣誉;
他爱他自己,和名声显赫的死人;
他吹奏,他尖啸,他透过鼻子颤抖,——
有些人赞美不了他:我就是其中之一。

2. 错误

他把裤子忘在了一张椅子上:
她是寡妇,于是她说道:
但是他已被捕,赤身裸体,
为一个从死者中复生的人所擒。

3. 人马怪

人马怪不需要一匹马;
他是一匹马的部分,理所当然。
分裂于动物与人类之间,
他的性生活从来不是单面。
他做鸽子和麻雀所做的事情——
他还做什么则取决于你。

《观察家》(*The Observer*)1963 年 5 月 5 日

与林赛①晚餐(1962年)

我经营智慧,而非干巴巴的欲望。
运气!运气!这是我在一个笼子里在乎的一切
什么样的白痴才不会这样,当事物从睡眠里
悠然来到窗台,遗落自远方的事物。
瞧啊,月亮!——
而它踏入了房间,在他的手臂之下,——
林赛的我指的是:两颗月亮,甚至三颗,
我会说我的脸就跟他的一样圆,
而这就凑成了三颗,他的脸算一颗。
"什么月亮?"他叫道,半转过身作发怒状。

然后它就洒下来了:
突然的光洒在地板上像奶油
泼出打翻的奶桶,并起沫包围了
我们,在椅子横档下面,流向地窖门。

"我们吃吧!"林赛说。"我们这里有月亮,
我们有鲜活的光,可是食物在哪里?"

"当然,我们还是要吃的,"我说。"足够!或者太多。"
——"那也意味着布莱克么?"

    当林赛歪起脑袋

---

① Vachel Lindsay(1879—1931),美国诗人。

在变化的光线里侧转一半时,
他的鼻子看起来比原来更大了,
斜着一只眼睛谛视。"怎么啦,布莱克,他死了,——
倒是想起来,他们也是这么说我的。"

他说那话的时候,一个蜘蛛状的形体垂落
在一根摇摆的轻线之上,又向后退走到半路。

"那绝对不是布莱克,"林赛说。"他会是一只蠕虫,
那些盘扭穿过一朵玫瑰的肥家伙中的一只。
或许它是惠特曼的蜘蛛,我说不准,
我们先吃吧趁月光还没有流完。"

于是我们坐下来吃了自己的一餐,
但我们吃的是什么我记不太清:
玉米面包和牛奶,冰淇淋和更多的冰淇淋,
还有冷烤牛肉和咖啡作甜点——
基本上我就记得冰淇淋。

一会儿之后光开始衰减
并在我们脚边忽闪像煤油
在沙中燃烧。"看样子我应该走了,"——
林赛将自己从我的旧椅子上拽起来。
"蜘蛛不见了,"他困惑地说道。

"谁把我叫作吼叫大学的诗人?
我们需要一个种类融合布莱克和我,

英雄和狗熊,以及老哲学家们——
约翰·兰色姆①和勒内·夏尔②;
保罗·本扬③是部分俄国人,你知道吗?——
我们一直在越来越接近这点。"

我陪他步行穿过格栅走出了大门
途经桤木巷子,我们在那儿闲扯了一会儿。
他跟我握手。"告诉威廉斯④我来过这里,
还有罗伯特·弗罗斯特⑤。他们也许还记得我。"

说完,他系好裤子就拔脚开溜了。

《诗歌》1963年10/11月

---

① John Crowe Ransom（1888—1974）,美国诗人,文学批评家,学者。
② René Char（1907—1988）,法国诗人。
③ Paul Bunyan,北美民间传说中的伐木巨人。
④ William Carlos Williams（1883—1963）,美国诗人。
⑤ Robert Frost（1874—1963）,美国诗人。

歌

"这芬芳,如圣奥古斯汀称之为……"[1]

伊芙琳·恩德希尔[2]

"魅惑咪啼嘟嘀米拉贝尔
将自己带到许愿井前,
她去了,她去了,我亲爱的慌乱之态。"

"她到那里时做了什么?
她有没有磨蹭与慌乱,
你亲爱的慌乱之态?"

"她将一绺炭黑的秀发往后一甩,
抛起一枚小钱到空中
越过了井边;然后俯身凝望。"

"她朝下面看时瞧见了什么?"

"她凝望,又凝望,她的脸就变小了:
'下面什么也没有,根本什么也没有,
在许愿井下面的幽深处,
除了一股淡淡的,一股天堂般的味道;

---

[1] 伊芙琳·恩德希尔,《神秘主义:人的精神意识之性质与发展研究》(*Mysticism: A Study of the Nature and Development of Man's Spiritual Consciousness*),1911年。
[2] Evelyn Underhill(1875—1941),英国作家。

它比天堂更香甜却由地狱直达!'——

"而别的什么她都不愿再讲,
宁愿魅惑咪啼嘟嘀绕井而走,
忽而左忽而右,亲爱的慌乱宽容之态
嚯奇泼奇的米拉贝尔。"

《诗歌》1963年10/11月

供威斯坦①一哂

"我曾有一个阿姨爱一棵植物"——W. H. 奥登

假如奥登的阿姨可以爱一棵植物，
  我的阿姨就可以爱一只鹬鸵②，
她的五官如此消瘦与憔悴
  她似乎从没看见过我。

她很荒唐：一只鸵鸟
  以冷球茎甘蓝维生；
我叔叔从没说过一句话：
  不言不语是他的嗜好。

他们曾有一子，——哦什么孩子！
  谁能瞪眼镇住一个胚胎？
邻居们发誓说它曾经狂奔——
  它从没有奔去见我们。

我们会过来打招呼，而它会嚎叫
  从天花板的正上方；
亲爱的阿姨重新整理好了披肩
  并询问我们的感受如何。

---

① Wystan，威斯坦·休·奥登（Wystan Hugh Auden，1907—1973），英国-美国诗人。
② Ki-wi，新西兰产的无翼走禽。

有一回我们喝茶,我要赞同,
　　那食物简单得出奇:
蝾螈和海牛的肉冻——
　　一口就已绰绰有余。

然后是菠菜烤饼,三根黄油骨头,
　　和各种加工奶酪。
我们吞咽而下伴随闷绝的呻吟——
　　阿姨总喜欢取悦我们。

我们往后一仰——有一条裂缝!——
　　它的脸透过天花板斜睨着,
"天哪!"阿姨叹道,"真不凑巧!——
　　我恐怕灰泥正在剥落!"

然后尖叫,"到你玩游戏的时候了,
　　我的忍耐已经用尽!"
"我们玩死耗子吧!你们当猫!"——
　　哦那个肥孩子如何央求!

但我们赶紧躲开了那张粉脸,
　　毫不留意它叫春的鸣音——
其实我们很在意,把空气
　　当成某种亟需的东西,
而叔叔和阿姨,那奇怪的一对,
　　都同样开心我们有这反应。

《诗歌》1963 年 10 / 11 月

附录——选自诗人的笔记本

石头花园
（1949-50）

精神的石头花园长有
从不以整齐序列收获的事物。

*

时间在我之内无家。

*

有时当榆树里的树叶汇聚最后的光，
永恒之物似乎来到我身边：
晚风拂乱最小的水洼。
一个没有影子的陌生人在旧花园中移动。

*

带给我，漫长的阴魂，另一场光的机缘：
我正等着冬天爬上我的衣袖。

*

风干的茎梗，萎缩的
枝柄末端，

曾经鲜活而轻盈
在白色空气里,
在远野之中,那儿
金翅雀曾摇摆,
栖息在一边
当蓓蕾绽放而出,
粉红与赤裸如幼鼠……

*

否则又如何?哦都被注意到了:我被系在绳子上,
一只生有癣疥的菊花头,蓬乱不堪,追寻着太阳……

*

这因死亡而灰暗的尘世——流汗并僵死:
尽是麻点和坑洼像廉价的水泥,
破碎成硬皮;被虫豸洞穿,无底——
在此突起;只有一股茎秆的臭气。听见
一把锄子寒冷的刮擦,当我们掘出
那些长凳的四角;清空这一桌桌
的赘疣和葫芦……

*

你们这些空气的鞭子:
我早知道我踌躇于何物:我狂迷

一个比我的父辈所闻更深刻的意义,
那些侧耳倾听的胡髭男人
他们用锄头切削地面;并用双手打造了
一种秩序于垃圾和黄沙之中。那些普鲁士人
他们憎厌制服。

*

在它们的根茎深处,所有的花朵都保存着光。

*

什么爱的悸动!什么鲜花的环与绳!
被太阳亲吻的种籽皮!由弯变直的微小猗角!
掠过斜射的阳光箭杆的小虫!

*

还有一支歌!两支歌,一支向外,一支向内
回响在玻璃的每一面之上,
一支在一个风口边缘上保持着平衡;
另一支在里面,各自歌唱着精神的事物,
这道呼吸,全都向上,来自闪亮,潮湿的树叶,
一身新泥推着车的人们,他们的独轮车吱吱嘎嘎,
他们的掌汗闪烁着黄金:
日子光耀中带着白,
那些种子在邻舍中已在拱起泥土,

沉甸而炽热。那些浦式耳①飞驰的往昔,那扑扑腾腾的熟悉之物,——
我看见此景时就不止是一个孩子了,
而时间是当下的。
此刻更多的某物向我发问:
所见要更深于此:
那原是一场诸般形体的明亮舞蹈
在自我的坑穴,酸湖之前,
那些我独自对墙说话的时间。
新的动机在我体内开始,就在污秽之中,
但我却掉头回返,仍带着我的血液。
全凭我自己,快乐得问不出话
为何我没被击倒:出没于阴影间,
我抓着我的心。

*

就这样灵魂渴望它的归宿。尘世的事物
在最轻的风中飞离我们。我们会不会
溶化,你们这些最深处的皮囊探究者?多么
纯洁啊自然面对我们时那份坦荡:
一堆寒冷特异的多孔骨骼。

*

在所有那些骨头里一份爱在高喊。
我当时从没听见过它;我现在听见了,

---

① Bushel,谷物或水果的计量单位,等于 8 加仑或约 36.4 升。

我从未献给一个垂死之人的词语……

    *

我父亲现在有多远？
他去了哪里，柔软的耳朵？
现在告诉我。多远？
羊剪不了自己的羊毛。
孤独，孤独，我寒冷的鬼魂说道。

    *

醒过来，我曾随风而行，
与水一同祈祷：
我的脚踵一直都睡着：
轻拂的树叶吻过我的双耳……
摇摆吧，花朵，芦苇般斜倚在一道波浪间，
比昆虫更值得一提。
晨间的闪烁！
爱抚的绿波，在色彩的浮沫之下，
寒冷不会将你触及……

    *

被摇散了，像迎风的马利筯，
确信它的裂缝，
或一支熏黑的茎秆的根，依然维系着生命。

*

寂然的空气，寂然；近于中午。
棚架上枯干的树叶。
绿色的黏液会不会着火，长凳上的黏液？
这土就是往昔本身，半灰，半绿……
自我的竖琴静止。
蓝的空气，在这些神经之上吐息
来自玫瑰的热气。
我的双手在鲜花之间，
动作已收窄，
我的手指自然。
抓住这些，我抓住的是什么？
不止于一个霉菌之吻
被抬举到星光之下，
被带向这早晨的形体。
我的自我在这一切之中吐息：
星辰花朵，入夜的门户，
比水更亮地吐息，
暮光无法将你湮灭。

大卫·瓦戈纳尔[①] 整理
《诗歌》1968年11月

---

① David Wagoner（1926—），美国诗人，罗思克的学生，《给火的稻草：辑自西奥多·罗思克的笔记本，1943-63年》（*Straw for the Fire: From the Notebooks of Theodore Roethke, 1943-63*，1972年）的编集者。

给火的稻草

（1953-62）

何物死在我之前？唯有我自己：
何物又重生？只是一个稻草人——
然而稻草能喂食一团火将石头融化。

*

爱物即是爱生活。
草原上单单一座谷仓的纯粹支柱，
一条铁路岔线枕木间的雨水小池塘……

*

我是不是老得没法分段写了？

*

我需要在恼怒文学方面变得博学。在我状态最糟时，一想起我的同时代人，我就立刻恢复了活力。

*

我总是疑惑，当我站上讲台时，我为什么在那里：我私下里真的适合呆在某间阴暗的弹子房。

*

哦圣母玛丽亚,我指的是,
诗人已经堕入了厕所,——
而多少神恩或艺术都无法
改变那以后发生的事情。

*

她:你应该对别人感兴趣。
他:为什么?他们甚至比我更坏。

*

而从身体的玷污中学得到什么?
魔鬼知道很多。
从你,亲爱的促狭鬼这里,人们能学到一个焐座者的无边欢乐。

*

我一事不知除了我试图去做的事。

*

我的勇气亲吻地面。

*

确实我疯了
但那并不容易。

*

我生命的每一个行为似乎都有一个必要的净化期：哪怕是较为简单的事情，比如去商店。我真算是一个资产阶级分子。

*

犹豫的人是机运的庸才。
在窗台上踌躇者从不离去。
曾经我是一个：我再不能是一个。

*

我探寻始终，那种我一度觉得迷人的本质的粗俗。

*

感觉是一件很难
做好的事情——
并且略微荒诞；
我宁愿嗅闻。

*

我有各种各样的内在保障：我需要的是外在保障。

在所有教主之中,其空谈诗歌者跻身于最烦人之列……包括那些老去的萨福①,说起话来仿佛是她们发明了正直。

*

假如你无法思考,至少歌唱吧。

*

在十分真确与终极的意义上,不要知道任何事。那是拯救我们的东西——从你,亲爱的班级,也从极致的疯狂之中。

> 每个男人里面都有一点女人。
> 一个教师需要他的学生以保持为人。
> 假设你掌握一种陈词滥调——
> 你逾越那匹马一步:一匹马是 A。

*

任何比其宽度更长的事物都是一个男性的性符号,佛洛依德派说。

*

哦那些文雅的使徒。

---

① Sappho(约公元前 630—约公元前 570),古希腊诗人。

他们漫游，空洞于其皮肤之内，
仅视其自身为此刻与彼时，
而无法告知你为何或是如何
他们额上有了皱纹。

*

我如此贫穷我无法订购我自己的败落。

*

一道呼吸只是一道呼吸
和我们与漫长永恒的
纽带中最小的一条，
而有些人在世如树木，
最后离去的是树皮，
枯萎的，强韧的外部。

*

我愿意确定某物——即使它正要入睡。

*

上帝是对种种否定的否定，
梅斯特·艾克哈特[①] 说过。

---

① Meister Eckhart（约1260—约1328），德国神学家，哲学家。

我愿意忘掉种种否定
在床上。

*

我感觉像一头猪；但还有更糟的感觉方式。

*

追随中心者
却可能是狡猾的。

*

并无一个理想，并无一个目标系于这桩制造押韵噪音的事情。

*

一个是保管，一个是向导，
一个仅仅呆在外面；
一个是动都不动的那个，
一个是内行的参悟者，
一个是轮子一个是辐条，
一个是更浩瀚的宇宙笑话。

*

因为我们需要更多的晒谷场诗人，*Dreck und Schmutz*[①] 的 *echt*

[①] 德语："污泥与尘垢"。

Dichter①,从院子、阁楼、佑护中启程的诗人。

*

什么词有好的风度?一个没有。

*

醒觉我的赞美,你这死者!
老乌鸦盘旋又啼鸣;
寒夜净化
树木的丰饶生命……

*

我,我不要死去:我要活到一个漫长自溺快乐多产蠢笨的老年。

*

我唱过一支极度喧闹的歌,
一支连条狗都能理解的曲子,
它在这座庞大无比的花园里挖掘
一根遗失已久的骨头……

*

我被我自己的大胆背叛了。

---

① 德语:"真诗人"。

*

一切灌木丛都不可能是熊。

*

一片云向月亮攀升：
思绪中的思绪可以是
荒凉石头上的荒凉石头。

*

我的脸正在逃离。

*

凭借光，光；凭借爱，爱；凭借此，此。

大卫·瓦戈纳尔整理
《诗歌》1964年11月

译后记

我原想给下文起一个题目，比如"西奥多·罗思克，迷狂的歌者与苦痛的匠人"，但我改变了主意：对这个诗人一时间的简单印象，在另一个时间就完全不着边际了。像诗歌一样，人是复杂和神秘的，任何总结或诠释都危险而毫无意义：如果我们想要认识西奥多·罗思克，这个人早已远去，他的文字是他的一切之中，唯一被保留下来，并且可以被认识的事物（如果没有他的文字，归根结底是他的诗歌，我们根本不会有认识他的意愿）——然而像人一样，诗歌是复杂和神秘的。

因此，我只能在这里简述一下这个诗人的生平和他的诗歌成就——仅引述很少的评论，因为至少一本评论集才是与罗思克相称的体量——让有所疑惑的读者（还有我自己）再一次确认，阅读（和翻译）这本诗集是一件值得花费时间去做的事：

西奥多·罗思克（Theodore Roethke）1908年5月25日生于密歇根州萨吉瑙市一德国移民家族。他童年的生活空间，父亲与叔父在萨吉瑙河边经营的25英亩阳光充沛的温室花园，与附近苍鹭、昆虫、蝙蝠共生的猎禽保护区，是他写作中密集繁杂的植物与动物意象的来源。1923年14岁时，叔父自杀身亡，同年父亲因癌症去世，家族温室遭售卖，这一年的变故显然令罗思克深受打击：光明瑰丽丰饶与暗黑沦丧荒芜的交战与交融，或许由此成为他一生的基调。

他的文学兴趣很可能不是来自一个豪迈、嗜饮与早逝的父亲，而是一个热爱阅读圣经、简·奥斯汀和陀斯妥耶夫斯基的母亲。"早年，真正影响深远的时候，我阅读，真正阅读的，是爱默生（主要是散文)、梭罗、惠特曼、布莱克和华兹华斯"①。

在就读于亚瑟·希尔高中(Arthur Hill High School)期间,罗思克加入了贝塔·菲·西格玛兄弟会(Beta Phi Sigma),其主要活动就是大饮私酿的威士忌(当时正处于禁酒时期)。16岁时在亨氏(Heinz)腌菜厂打工的经历参见"腌菜传送带"一诗。

1925年考入密歇根大学(University of Michigan),1929年获学士学位。据罗思克留下的笔记推测,他严肃意义上的写作是在1930年开始的,当时在哈佛大学师从名家罗伯特·希尔叶(Robert Hillyer),后者读过他的几首诗后说:"愿意接受这些东西的编辑必是傻瓜无疑。"

1929年大萧条后因经济困难由哈佛辍学。1931-35年在宾夕法尼亚州拉法叶学院(Lafayette College)教授英语并担任网球教练;同时在《诗歌》,《新共和国》(*New Republic*),《星期六评论》(*Saturday Review*)与《斯瓦尼评论》等刊物上发表诗作,收获来自诗界最初的好评;与诗人克尤尼茨(Stanley Kunitz)相识而成为一生挚友(克尤尼茨:"罗思克和我总说要到弗罗斯特、庞德和史蒂文斯都过世之后我们才会被注意。"②)。

1935年开始执教于密歇根州立学院(Michigan State College,现为大学),同年获硕士学位。年底因不明来由的精神崩溃入院治疗而离职。1936年任宾夕法尼亚州立大学(Pennsylvania State University)英语写作助理教授,开设诗歌课程,并连续5年担任宾

---

① 西奥多·罗思克致拉尔夫·J. 米尔斯(Ralph J. Mills)信,《西奥多·罗思克书信选》(*Selected Letters of Theodore Roethke*),1968年。
② 理查德·科斯特兰涅茨(Richard Kostelanetz),"呈现诗人:斯坦利·克尤尼茨"(*Presenting the Poet: Stanley Kunitz*),《美国》(*Ameryka*),1969年7月。

州大学蓝白网球队教练。

1941年出版第一部诗集《开放之宅》（Open House）而获盛赞，其中不乏来自弗洛斯特与奥登等主要诗人的激赏和期许。"罗思克先生瞬间被承认为一个好诗人……很多人拥有情感遭遇生活的肉体玷污与羞辱的经验；有的人会将它从头脑中迅速清除，有的人自恋地沉湎于它无关紧要的细节之中；但既将那羞辱铭记于心而又将它转变为某种美丽事物，如罗思克先生所为，则是绝无仅有的。……这本书中的每一首抒情诗，无论严肃还是轻快，都共享同一种有序的感性：《开放之宅》是完完全全的成功之作。"①

此后数年的沉寂后来被认为是罗思克诗风的关键转变期，"我的第一本书实在太过小心翼翼，太过战战兢兢，在它通往经验的途中；在调性上颇为枯燥，在节奏上又很拘谨。我正试图松弛开来，去写更大张力与象征深度的诗。"②

1943年罗思克离开宾州大学，任教于弗蒙特州班宁顿学院（Bennington College），又获推荐转至西雅图市的华盛顿大学（University of Washington）任英语副教授。"作为教师——他是教室里一个杰出、专注、充满灵感的人。"③"显然他的激情不仅是投向写作也是投向教学的。他似乎要将自身倾注到与他的学生分享他的技艺中去，因此在他的课堂上常有一股几乎可见（当然可闻）亦

---

① W.H.奥登，"西奥多·罗思克《开放之宅》书评"（A Review of *Open House*, by Theodore Roethke），《星期六文学评论》（*The Saturday Review of Literature*），1941年4月5日。
② 西奥多·罗思克致拉尔夫·J.米尔斯信，《西奥多·罗思克书信选》。
③ 彼得·纽梅叶尔（Peter Neumeyer），"西奥多·罗思克，教师"（Theodore Roethke, Teacher），《美学教育期刊》（*The Journal of Aesthetic Education*），1976年1月。

可感的能量。跟从罗思克学习是一种烈性而令人兴奋的体验,即使在当时我也明白那是一种我很可能永远不会再有的经历。"[1]此后从他门下走出的著名诗人包括詹姆斯·赖特(James Wright)、卡罗琳·基泽(Carolyn Kizer)、苔丝·加拉格尔(Tess Gallagher)、杰克·吉尔伯特(Jack Gilbert)、理查德·雨果(Richard Hugo)和大卫·瓦戈纳尔(David Wagoner)。"他也许是史上最好的写诗的教师。"[2]

1945年再次精神崩溃,此后近二十年病情频繁复发并不断加重。

1948年出版第二部诗集《失落之子及其他诗篇》(The Lost Son and Other Poems)。这部诗集被视为罗思克的一个重要突破,两位著名批评家,肯尼斯·伯克(Kenneth Burke,亦是罗思克的挚友)和哈罗德·布鲁姆(Harold Bloom),不约而同地将罗思克与两个过去时代的伟大诗人联系在一起:"我们可以在罗思克对'直觉'语言的崇拜中看见:以一种更严格地'童稚的'变体延续对一种'高贵'俗语的但丁式寻找;一种相当郊野、园艺式的变体,延续华兹华斯对普遍的乡村自然的着重呈现……"[3];"罗思克以一道仍在容纳与滋养的光的意象结尾,一道母育的光,将失而复得的意识之花收容为它的幼子。这比喻,几乎是但丁式的,成就的是一种配得上华兹华斯或惠特曼的美学庄严,源自这些真正创始者的传统选择了

---

[1] 詹姆斯·尼斯利(James Knisely),"回想一个疯狂的天才"(A Mad Genius Recalled),historylink.org,2002年。
[2] 理查德·雨果,"罗思克与教学的随想"(Stray Thoughts on Roethke and Teaching),《一触即发之城:诗歌与写作演讲文论集》(The Triggering Town: Lectures and Essays on Poetry and Writing),1992年。
[3] 肯尼斯·伯克,"西奥多·罗思克的植物激进主义"(The Vegetal Radicalism of Theodore Roethke),《斯瓦尼评论》,1950年1—3月号。

罗思克，在他罕见的最佳时刻，为它的传人。"①

1950年迁居纽约，与英国诗人狄兰·托马斯（Dylan Thomas）结交为友，曾在后者的一次电台广播中献声。获古根海姆协会奖（The Guggenheim Fellowship Award）。1951年出版第三部诗集《赞美到底！》（Praise to the End!），获《诗歌》杂志莱文森奖（Levinson Prize）。1952年获福特基金会（Ford Foundation）与国家艺术文学院（National Institute of Arts and Letters）的奖金。

1953年1月与自己在班宁顿学院的学生比阿特丽斯·奥康奈尔（Beatrice O'Connell）结婚。在W. H. 奥登的意大利海滨别墅中度蜜月并完成《醒：1933-1953年诗篇》（The Waking: Poems 1933-1953）。1954年春凭诗集《醒》获普利策诗歌奖（Pulitzer Prize for Poetry）。此后两年以福布赖特奖金（Fulbright）游历欧洲。

1957年出版《给风的词语》（Words for the Wind）。1959年《给风的词语》获博林根奖（Bollingen Prize），国家图书奖（National Book Award），朗维尤基金会奖（Longview Foundation Award），埃德娜·圣文林特·米莱奖（Edna St. Vincent Millay Prize），及太平洋西北作家奖（Pacific Northwest Writer's Award）。1961年出版《我在！羔羊说道》（I Am! Says the Lamb）。1963年出版儿童诗集《动物园中的派对》（Party at the Zoo）。

1963年8月1日在华盛顿州班布里奇岛（Bainbridge Island），友人S. 拉斯尼克斯（S. Rasnics）的泳池中突患冠状动脉栓塞而离世。这座水池后被填土改造为一座禅园以纪念罗思克。

去世后留下277本笔记，为他此前20年的诗行片断、格言警

---

① 哈罗德·布鲁姆，"西奥多·罗斯克"（Theodore Roethke），《诗人与诗篇》（Poets and Poems），2005年。

句、诗歌教学心得、异想、随感等。1964 年 61 首遗作被结集为《远野》(*The Far Field*)出版并为罗思克带来第二个国家图书奖。之后陆续推出的遗著包括《论诗与技艺：西奥多·罗思克散文选》(*On Poetry and Craft: Selected Prose of Theodore Roethke*，1965 年)，《诗集》(*The Collected Poems*，1966 年)，《给火的稻草：辑自西奥多·罗思克的笔记本，1943-63 年》(1972 年)，儿童诗集《脏脏小不点和其他生物》(*Dirty Dinky and Other Creatures*，1973 年)等。

美国批评家文德勒(Helen Vendler)如此评价罗思克的诗歌："这个细腻插枝，微小窝穴，增植囊块的诗人，会继续宣示，如他在那些奇异的温室诗篇中所为，专属于他的独一无二……诗中有意的稚拙之气正是它的力量，罗思克，而非狄兰·托马斯，乃是我们的创世诗人。在他身上我们可以看见自然世界的诞生，在它的种子与插条之中，与词语世界的诞生，在其文字出于音节、片语出于文字的创造之中，鲜活，闪烁，难以捉摸。"①

批评家瓦戈纳(Hyatt H. Waggoner)则将关注投向一个自内心的苦刑中成长起来的诗人："那正是西奥多·罗思克自始至终的经验，即由个人的苦痛之中可以生发启迪与真正的诗歌。他毕生危险地靠近疯狂，后者总在威胁要摧毁他的诗人和教师生涯，但这种张力对于艺术家罗思克来说是幸运的，而其《诗集》的读者都能得到一种诗人对此早有察觉的强烈印象。罗思克看见自己站在深渊的边缘，在他的诗歌里程中这意象亦成为人类状况的象征。他的诗歌的言说者时常存在于一种怀疑和痛苦之境，濒临完全的绝望。但罗思克，用阿诺德·斯坦因 (Arnold Stein) 的话来说，将深渊的边缘栽种耕

---

① 海伦·文德勒，"近期美国诗歌"(Recent American Poetry)，《马萨诸塞评论》(*The Massachusetts Review*)，1967 年夏季号。

作，而创造的行动令他保持完整……他可以无理性地摇摆于黑暗与光明之间，可以凭感觉去他必须要去的所在……"①

哈罗德·布鲁姆将罗思克与他的《诗集》和《给火的稻草》列入他的《西方正典：历代书籍与学派》（*Western Canon: The Books and School of The Ages*，1994年）。美国作家卡尔·马尔科夫（Karl Malkoff）称罗思克为"一个自称的模仿者，他令他的嗓音独一无二；全神贯注于自我，他在他的挣扎中达至万有。他是我们最好的诗人之一，一个人性的诗人在一个威胁要将人变为一个客体的世界里。"②

美国桂冠诗人詹姆斯·迪凯（James Dickey）更将20世纪"迄今为止产出的最伟大诗人"之名赠予罗思克③，"我不曾看见任何人拥有罗思克所有的那种深沉，内在的生命力。惠特曼是一个大诗人，但他无法与罗思克相匹敌。"④

尽管此说被诗界与批评界一致否定，但毫无疑问，罗思克是美国诗歌传统在20世纪中期的重要继承者之一，正如布鲁姆所言，"西奥多·罗思克与伊丽莎白·毕晓普（Elizabeth Bishop）和罗伯特·潘·华伦（Robert Penn Warren）在可称为中生代的现代美国诗人里脱颖而出共享最强存活者的殊荣，此辈还包括罗伯特·洛厄尔（Robert Lowell）、约翰·贝里曼（John Berryman）、德尔摩尔·

---

① 雅特·瓦戈纳，"贯注于中心：西奥多·罗思克"（Centering In: Theodore Roethke），《美国诗人自清教徒至当今》（*American Poets From the Puritans to the Present*），1968年。
② 卡尔·马尔科夫，"探寻自我的边界"（Exploring the Boundaries of the Self），《斯瓦尼评论》，1967年夏季号）。
③ 詹姆斯·迪凯，"最伟大的美国诗人"（The Greatest American Poet），《大西洋月刊》（*Atlantic Monthly*），1968年11月。
④ 弗兰克林·阿什利（Franklin Ashley）访谈詹姆斯·迪凯，"诗歌的艺术"（The Art of Poetry），《巴黎评论》（*Paris Review*），1976年春季号。

施瓦茨（Delmore Schwartz）和伦德尔·贾雷尔（Randall Jarrell）等人。这一世代上承来自 E. A. 罗宾逊（E. A. Robinson）和弗罗斯特经过庞德、艾略特、史蒂文斯、威廉斯以及克兰的序列，下启包括阿什伯利（John Ashbery）、墨里尔（James Merrill）、阿蒙斯（A. R. Ammons）、詹姆斯·赖特、施奈德（Gary Snyder）、默温（W. S. Merwin）、霍兰德（John Hollander）、金内尔（Galway Kinnell）等人的群体。"①

美国学者帕里尼（Jay Parini）进一步阐述了罗思克作为一个传承者的独特性："他的作品充满了对布莱克、华兹华斯，尤其是叶芝的指涉，但我的重点在于他的浪漫主义的美国品质，这品质以爱默生和惠特曼为原始祖先，以史蒂文斯为一种强大的当代影响。毫不质疑他的独创性，人们可以将罗思克的所有作品读作与他的先辈的持续对话；他可以说是一个诗歌的口技表演者，能够透过那些他所谓的'伟大死者'的面具说话。然而，在他的核心仍有一个声音明确无误是他自己的。他有他特殊的领域，一道如此私人与不同的风景，以至于任何模仿或被他称之为形似他人的写作，都不会扰乱他声音的清正。他的诗歌世界是自足而稳固的。"②

无论如何，他的全部写作已成为当代诗歌想象与洞见的深邃源泉，其辐射范围也远不止于英语世界。

作为他那一代成就最高的美国诗人之一，罗思克被热爱的程度，从他离世后缅怀他的诗篇之多中便可窥见一二，比如我在网上搜到的一首小诗，出自一个我从没听说过的诗人博拉·金尼克（Beulah

---

① 哈罗德·布鲁姆，"西奥多·罗斯克"，《诗人与诗》。
② 杰·帕里尼，《西奥多·罗思克：一个美国浪漫主义者》（*Theodore Roethke: An American Romantic*），1979 年。

Kinnick,1908-2003)之手:

写给西奥多·罗思克

"疯狂是什么,若非灵魂的高贵
与周遭格格不入?"诗人呐喊。
"他疯得彻底,"一个罗思克读者叹道,
"或不是疯,是扮演疯子的角色。"
走了九年那稀有而完全的歌手。
在黑暗时间我们需要他的嗓音,他的眼睛,
他抒情的提问,探询,与臆测,
他挥金如土的形影,他离奇的肖像。
归去吧,男人孩童,攀爬出温室屋顶。
你爸爸在召唤。来跟他再跳一曲华尔兹。
回来吧,失落之子,为光塑造一支歌。
我们梦见你苏醒但你却远远地移行,
阔步如神灵暴怒迈下晦暗的沙滩
穿越被吞噬的岸滨迈入夜晚的潮汐。①

最后说明一下这部中译本诗全集,本书收入了1966年版《西奥多·罗思克诗集》(内含罗思克在世与身后的所有诗歌单行本)及其后各增补版的全部文本,加上15首据我所知此前从未见于任何选集的诗作,是罗思克在《斯瓦尼评论》、《诗歌》、《美国学者》、

---

① 博拉·金尼克,"For Theodore Roethke",《英语期刊》(*The English Journal*),1973年1月。

《赫德逊评论》等刊物上发表的诗篇,但并未收入由罗思克笔记构成的《给火的稻草》①,因为"艺术家不愿清晰吐露某样事物,直到他最终可以清晰吐露为止"②,显然直到最终罗思克仍未将它们"清晰吐露"为成形的诗篇。

陈东飚
2021 年 9 月 6 日

---

① 仅以附录呈现刊登于《诗歌》杂志中的几束样本。
② 西奥多·罗思克,"第一课"(First Class),《论诗与技艺:西奥多·罗思克散文选》。